古都

こと

［日］川端康成

著

朱娅姣 译

SPM 南方传媒 | 花城出版社

中国·广州

图书在版编目（ＣＩＰ）数据

古都 / （日）川端康成著 ； 朱娅姣译. -- 广州 ：
花城出版社，2024.4
ISBN 978-7-5360-8686-9

Ⅰ. ①古… Ⅱ. ①川… ②朱… Ⅲ. ①中篇小说－日
本－现代 Ⅳ. ①I313.45

中国国家版本馆CIP数据核字(2023)第050392号

出 版 人：张 懿
项目统筹：陈宾杰 蔡 安
责任编辑：蔡 安 魏璋倩
责任校对：梁秋华
技术编辑：凌春梅 林佳莹

书 名 古都
　　　　 GUDU
出版发行 花城出版社
　　　　 （广州市环市东路水荫路11 号）
经 销 全国新华书店
印 刷 天津丰富彩艺印刷有限公司
　　　　 （天津市宝坻区新开口镇产业功能区天源路6号）
开 本 889 毫米×1194 毫米 32 开
印 张 7.75 1 插页
字 数 139,000 字
版 次 2024 年4 月第1 版 2024 年4 月第1 次印刷
定 价 39.80 元

如发现印装质量问题，请直接与印刷厂联系调换。
购书热线：020-37604658 37602954
花城出版社网站：http://www.fcph.com.cn

川端康成 | かわばた やすなり

1899.6.14—1972.4.16

1899 年 6 月 14 日 [1]，川端康成生于大阪市北区。父亲名叫荣吉，是个开业医生，爱好汉诗文、文人画。母亲阿源，是黑田家出身。川端康成是家中长子，他有一个姐姐，名叫芳子。传说川端家是从北条泰时的时代传承下来的，川端自己也在文章中提到过，家里有将北条泰时尊为始祖的族谱，不过他也说道，这种族谱中的始祖大多是后人牵强附会而成，不可轻信。

　　川端康成的童年是不幸的，他的父亲在他刚满一岁零七个月时就因肺结核去世，第二年母亲也因感染结核病而

---

① 川端康成自写年谱为 6 月 11 日出生。

辞世。1909 年，川端康成 10 岁，姐姐芳子患热病，并发心脏麻痹而死，姐姐的去世也意味着川端康成与世界又一个联系被病痛切断了。

失去双亲后，川端康成被 62 岁的祖父和 64 岁的祖母收养，三人一起生活。但好景不长，等到川端康成小学一年级那年，祖母也去世了。后来，和川端康成相依为命的祖父也在 74 岁时辞世，那段日子，川端康成目睹了祖父临终时的样子，后来他写下了《十六岁的日记》，将祖父弥留之际的情况如实地记录下来。在这部有着"私小说"风格的作品中，看不到川端康成对祖父的爱，他冷眼观察着祖父，以冷静的笔触写下祖父走向死亡的路程。他还写了《拾骨》《参加葬礼的名人》《向阳》等写生式作品，记录了有关祖父病逝前后的事情。就这样，这位"参加葬礼的名人"又变成孤身一人了。

大概是年少的经历促成了川端康成敏锐纤柔的性格，这使他很早就在写作上表现出过人的才华。7 岁时，川端康成考入大阪府三岛郡丰川普通小学。虽然他因体弱多病而经常缺课，但他的学业成绩优秀，作文在全班首屈一指。1912 年 4 月，川端康成以第一名考入大阪府立茨木中学。14 岁那年，他升中学二年级，已经将成为一个小说家作为自己的志向。他博览各种文艺杂志，尝试写新体

诗、短歌、俳句、作文等，并装订成册，题名为《第一谷堂集》《第二谷堂集》。他的题为《滴雨穿石》的作文还保存了下来。

祖父去世同年的9月，川端康成由西成郡丰里村母亲娘家黑田秀太郎收养。1915年，他开始过宿舍生活，经常出入学校附近的书店。他的读书范围非常广泛，从白桦派到谷崎润一郎、上司小剑、德田秋声、《源氏物语》《枕草子》等，外国作家如陀思妥耶夫斯基、契诃夫、斯特林里堡、阿尔志跋绥夫等的作品。川端康成如饥似渴地阅读着这些文学作品，让自己在天赋的领域里遨游。

1916年春天，川端康成开始给当地的小周刊《京阪新闻》投稿，发表了《致H中尉》《淡雪之夜》《紫色的茶碗》《电报》等短文。从此时到进入大学之前，他还写了一篇追悼辞世的英语教师仓崎仁一郎的作文《肩扛恩师的灵柩》和一篇小说《千代》，分别发表在大阪《团栾》杂志和第一高等学校的《校友会杂志》6月号上。

1920年，川端康成从第一高等学校毕业。同月，进入东京帝国大学文学系英文学科。是年伊始，除了读日本作家的作品之外，还广泛阅读了包括森鸥外翻译的《各国故事》在内的翻译作品。1921年2月，第六次《新思潮》发刊。4月，川端康成在第二号上刊载了《招魂节一景》，获得菊池宽以及各方面的好评。是年秋天到冬天，川端康成与本乡一家咖啡馆的女招待伊藤初代恋爱、订婚，最后这段感情以撕毁婚约作结。基于这种体验，他写了《南方的火》《篝火》《非常》《她的盛装》《暴力团一夜》《海的火祭》等作品。这期间，他一度住在浅草，在菊池宽家里，经菊池介绍认识了芥川龙之介、久米正雄和横光利一。同年12月，川端康成在《新潮》杂志上发表了《南部氏的风格》（评《湖水之上》），第一次获得了稿酬。 1922年2月，他开始写文艺月评《本月的创作界》。6月，从英文学科转到国文学科。自4月至6月，以千代事件为素材写了《新晴》。这年夏天，川端在伊豆汤岛，写了《汤岛的回忆》，这部作品未经发表，成为后来的《伊豆的舞女》和《少年》的雏形。在此期间，他还翻译了许多外国作品。1923年，他发表了《林金花的忧郁》（1月）、《精灵祭》（4月）、《参加葬礼的名人》（5月）、《南方的火》（7月）等作品。

1924年3月，川端康成从东京帝国大学国文学科毕业。他非常热心于文艺事业，毕业当年7月，他同当时的新进作家们筹备创刊同人杂志，由他起名为《文艺时代》，他们以《文艺时代》为阵地发起新感觉派运动。是年，川端发表了《篝火》《非常》以及第一部长篇小说集。此后，他又与横光利一等人成立了"新感觉派电影联盟"，拍摄川端唯一一部电影剧本《疯狂的一页》。这部影片被评定为该年的优秀影片，获得了全关西电影联盟颁发的奖牌，

但是商业性上映则是失败的。1927年3月，金星堂出版了川端的第二部作品集《伊豆的舞女》，这篇由川端康成以其自身经历创作的中篇小说在他生前共拍了五次电影。此后，他更是创作不断，发表了诸多优秀的作品。其中，于1937年发表的《雪国》，1952年发表的《千只鹤》，1962年发表的《古都》等，都是译介到国外最多，让读者耳熟能详的作品。

　　川端康成在文学上的造诣是不容小觑的。1960 年代，他曾 8 次被推荐进入诺贝尔文学奖名单，最终于 1968 年以《雪国》《古都》《千只鹤》三部代表作获得诺贝尔文学奖，成为首位日本人诺贝尔文学奖得主，也是继泰戈尔之

后第二位获奖的亚洲作家。他的作品中对爱情、死亡的阐释，悲观与虚无的氛围，清新秀丽的语言风格，将传统意象赋予新的含义的灵动，为日本文学之美增添了浓墨重彩的一笔。

1972年4月16日，川端康成突然采取口含煤气管的自杀方式离开了人世。5月27日，由治丧委员会长芹泽光治良主持，在青山斋场举行了日本笔会、日本文艺家协会、日本近代文学馆"三团体葬"。由今东光赠予戒名："文镜院殿孤山康成大居士"。9月起，日本近代文学馆主办的"川端康成展——其艺术与生涯"，在全国各地巡回展出。10月，创设了财团法人"川端康成纪念会"，理事长井上靖。11月，日本近代文学馆内开设"川端康成纪念室"。这位日本文学界的"泰斗级"人物，以如此仓促的方式离开人世，未留下纸质遗书。不过，他的遗言早在十年前就已经宣告给世界。

"自杀而无遗书，是最好不过的了。无言的死，就是无限的活。"

目录
CONTENTS

春之花

001

祇园祭

096

冬之花

197

尼姑庵与格子门

021

秋之色

123

译后记

223

和服一条街

046

松之绿

149

北山衫

072

深秋的姐妹

179

春之花

千重子发现，老枫树的树干上，紫色堇花已然盛开。

"啊，今年也开了。"千重子感受到春的温柔气息。

在京都大街上的狭窄院落里，这棵树堪称巨树，树干比千重子的腰还粗。不过，苍老又粗粝的树皮和生满青苔的树干无法与千重子那娇嫩的身体相提并论。

枫树树干在千重子腰部一般高的位置稍稍向右倾斜，又在千重子头顶上方大幅向右弯折。枝丫从弯折的地方向外伸展，占据了整个庭院。由于枝叶繁重，长长的枝梢微微下垂。

大幅弯折的位置下方，树干上有两个小洞，两株堇花分别生长在这两个小洞里，且一到春天就开花。自千重子懂事起，它们就已经长在这棵树上了。

上面那株和下面那株相距一尺左右。有时，正值妙龄的千重子会想："上面那株跟下面那株会不会相遇？它们知不知道彼此的存在？"堇花们也会"相遇"和"相识"，这是怎么一回事呢？

花有三朵，最多五朵。每年春天，就开到这个程度。尽管如此，每年春天，它们都要在树上的小洞里抽芽、开花。千重子时而在走廊上眺望它们，时而站在树下仰视它们，既会被树上这堇花的"生命力"所打动，又会被它们勾起"孤独感"。

"生长在这种地方，还坚强地活了下来……"

店里的客人对枫树的长势赞赏有加，却很少有人注意到树上开着堇花。苍劲有力青筋暴起的粗壮树干拔地参天，生满青苔，更增添了一份威严与雅致。寄生其上的小小堇花，自然就很不起眼了。

但是，蝴蝶认识它。千重子发现堇花时，一群小小的白蝴蝶正低掠过整个庭院。它们翩然翻飞，从枫树树干旁来到堇花周围。适逢枫树正欲抽出微红的小小嫩芽，飞舞的蝶们带着点点洁白，美得鲜明。枫树树干那片翠绿的新苔上，两株紫色堇花的叶片与花朵齐齐投下淡淡疏影。

这个春日，浮云朵朵，风和日丽。

千重子坐在走廊上，望着枫树树干上的堇花，直到那群白色蝴蝶飞走。

真想对花儿悄悄说上一句"今年也在这种地方开了花，了不起"。

堇花下方，枫树脚下竖着一个古色古香的石灯笼。记得有一次，父亲告诉千重子，石灯笼最下方雕刻的立像是基督。

"怎么，不是圣母玛利亚？"那时，千重子问父亲，"有点像北野天满宫里那座很大的圣母像呢。"

"大家都说这是基督，"父亲干脆地说，"没抱婴儿嘛。"

"啊，还真是。"千重子点了点头，又问父亲，"我们的祖先里有基督徒吗？"

"没有。这石灯笼大概是造园师或石匠拿来安放在这里的，不是什么稀罕物件。"

这座吉利支丹石灯笼应该是在当年基督教被禁止时制作的。石头的质量粗糙且脆，浮雕像又经历数百年风雨侵蚀，所以头、身体和脚只剩形状依稀可辨。可能原本雕刻得就简单。袖子很长，几乎与衣服的下摆平齐。人物呈双手合十的模样，但前臂部分略显粗壮，仅凭这一点，无法辨认人物是何形态。尽管如此，看上去仍与佛像或地藏菩萨迥然不同。

不管这座吉利支丹石灯笼是久远的信仰之证还是旧时的异国装饰物，如今，只因古色古香，它才被安置在千重子家的店铺庭院里，放在老枫树的脚下。客人瞧见它时，父亲就说"这是基督像"。不过，来谈生意的客人中，很少有人注意到枫树底下有座不起眼的旧石灯笼。就算注意到了，也觉得院子里摆一两个石灯笼乃天经地义之事，不会仔细打量。

千重子不再凝望树上的堇花，视线低垂，观望起基督像来。她上的不是教会学校，但她喜欢英语，经常出入教堂，也通读过《圣经》里的旧约和新约。可是，给这古老的石灯笼献上花束或点燃蜡烛似乎并不合适，因为石灯笼身上并未刻有任何十字架。

基督像上方的堇花倒是很像玛利亚的心，千重子想。她抬起眼，视线再次从石灯笼转移到堇花上。忽然，她想起饲养在丹波古陶壶里的金钟儿。

四五年前，千重子开始饲养金钟儿，比发现老枫树上长着堇花一事晚多了。在高等学校的同学家玩，听见起居室里的金钟儿叫个不停，便要了几只，带回家养。

千重子说"关在壶里，太可怜了"，同学却回她"总比养在笼子里白白死去的好"。据说，有的寺庙会养很多金钟儿，甚至售卖虫卵，可见拥有同一爱好之人不在少数。

如今，千重子饲养的金钟儿日渐增多，已发展到用两个丹波古陶壶装。它们七月一日左右开始孵出幼虫，八月中旬前后开始鸣叫，年年如此。

它们在狭窄又昏暗的壶里出生、鸣叫、产卵、死去。尽管如此，完成传宗接代，岂非比养在笼中活过短暂的一代就绝种要好些？真可谓"壶中度过一生""壶中自有天地"。

千重子也知道，很久很久以前，中国有个典故，就叫作"壶中天地"。说的是壶中有琼楼玉宇，到处是美酒和山珍海味。所谓壶中，即超脱俗世到达另一个世界——仙境。这是无数仙人传说中的其中一个。

但是，当然，金钟儿并非厌倦俗世才待在壶里。即使身在壶中，想必，它也并不知晓这一事实。它们就这样传宗接代，生存下去。

最使千重子感到吃惊的是，有时候须得将别处的雄金钟儿放进壶内，不然，同一个壶里的金钟儿自行繁衍，新生幼虫就会瘦小且体弱。那是反反复复近亲交配的缘故。为避免这种情况发生，金钟儿爱好者们有交换雄金钟儿的习惯。

眼下是春天，非金钟儿鸣叫之秋，但是，枫树树干上的小洞里，堇花今年依旧盛开。由花延伸至虫，千重子之所以想起壶中的金钟儿，并非毫无缘由。

把金钟儿放进壶里的是千重子，可堇花是怎样来到这狭窄的小天地的呢？堇花会盛开，金钟儿想必也会出生并鸣叫。

"这就是生命的自然规律？"

微风轻拂，千重子把被风吹乱的头发别在耳后，以堇花和金钟儿观照自身。

"我自己又如何呢……"

在这世间万物充满着生机勃勃的春日里，凝望这株微不足道的小小堇花的，唯千重子一人。

店里传来人们准备吃午饭的声响。

千重子也准备梳妆打扮一番，因为约好去赏花的时间快到了。

昨天，水木真一给千重子来电话，邀她去平安神宫赏樱。真一说，他有个学生朋友，在神宫入口工作了半个月，负责检票。那人告诉真一，樱花正在盛开。

"他一直留心观察着呢。这么可靠的消息，别处可没有。"

说着，真一微微一笑，笑容迷人。

"他会留意到我们吗？"千重子问。

"他是个看门的，谁进去，都得先经过他。"真一又笑了几声，"不过，如果你不愿意，咱们就分头进去，在院子里的樱花树下碰面。那些花，就算独自一人去赏，也是百看不厌的。"

"那你一个人去看好了。"

"行是行，不过，万一今晚来场大雨，花儿全谢了，我可不管了啊。"

"那就赏赏落花的情趣。"

"被雨打落沾染尘埃，这样的落花能叫有情趣吗？所谓落花——"

"真是个坏心眼！"

"谁，我吗？"

千重子穿了一件不太显眼的和服，出门去了。

平安神宫以举办"时代祭"而广为人知。距今一千多年前，桓武天皇定都于此，为纪念他，人们于明治二十八年（1895年）建造了这座神社，因此，神殿的历史并不太长。不过，据说神门和外拜殿是仿照当年平安京的应天门和太极殿建造的，拜殿两侧分别种植着右近之橘与左近之樱。孝明天皇殁于迁都东京之前，即昭和十三年（1938年），人们把他的坐像一并供奉在这里。很多人在此地举办神前婚礼。

最壮观的一景，就是那些装点神苑的簇簇八重红枝垂樱。正所谓"唯有神苑里的樱花最能代表京城之春"①。

刚走进神苑入口，一片盛开的红枝垂樱便映入眼帘，绽放在人心坎里。

"啊，今年也与京都之春相会了。"说罢，她驻足观望。

千重子并不晓得真一在哪里等她或是否已经赶到，打算找到真一后再赏花。她从缀满花朵的树丛中走出来。

真一躺在垂樱下的草坪上。他双手交叉，垫在后脑勺下方，

---

① 此句出自谷崎润一郎笔下，《细雪》第十九章。

闭着眼。

真一居然躺在地上，千重子始料未及，她感到不悦。居然躺着等待一位年轻姑娘，较之自己感到尴尬或他太不懂礼仪，不如说她讨厌的是真一那副睡相。日常生活中，千重子见不得男人一副躺倒在地的模样。

想必，真一经常在大学校园的草坪上枕着胳膊仰面朝天地躺着，跟同学们一起谈笑风生。眼下这姿态，不过是平日一景。

真一旁边坐着四五个老奶奶，她们打开多层漆盒，正在闲聊。或许，真一觉得她们亲切，这才挨着她们坐下，后来，又躺下。

这么一想，千重子几乎要绽出微笑，然而，她脸红起来，只是站着，没有叫醒真一，甚至打算从真一身边走开。千重子从未见过男人的睡姿。

真一规规矩矩地穿着学生制服，头发也理得整整齐齐，长长的睫毛闭合着，像个小男孩。然而，千重子根本不正眼瞧他。

"千重子！"真一喊了一声，站起身。千重子忽然有些恼怒。

"在这种地方睡觉，不觉得难为情吗？路人都瞧着呢。"

"我没睡着。你一来，我就知道了。"

"就会欺负人。"

"我不主动喊你，你打算怎么办？"

"看见我来，你才装睡？"

"我是在想，一位千金小姐一脸幸福地走过来，叫人有些伤感。再说，我有点头疼。"

"我？我是幸福的？"

"……"

"你头疼？"

"不疼，已经好了。"

"脸色看着不太好呀。"

"没事，已经过去了。"

"你这张脸，真像一把宝刀。"

真一偶尔也听别人讲过，说他的脸像把宝刀。可是，从千重子嘴里听到这句，还是头一次。

被人这样形容时，真一心里就会泛起一股激情。

"宝刀是不伤人的，再说，这里可是樱花树下。"说着，真一笑起来。

千重子爬上小斜坡，折回回廊入口处。真一起身离开草坪，也跟了上来。

"真想把花儿都看遍。"千重子说。

一来到西边回廊的入口处，一簇簇红枝垂樱瞬间使人感受到春的气息。这才是真正的春天。红枝八重樱成串成串地绽放，一直开到低垂又纤长的枝梢。这样的群花芳树，与其说是花儿开在树枝上，不如说是花儿缀满枝头。

"这一带的花儿，我最喜欢这种啦。"

说着，千重子把真一引到回廊向外曲折的地方。那里有一棵樱花树，树冠格外宽大。真一站在千重子身旁，望着那棵树。

"仔细一瞧，它可真女性化。"真一说，"无论是低垂的细细枝条还是那些花朵，都相当温柔相当丰盈。"

并且，八重樱的红枝中似乎略带一抹紫。

"以前，我从未意识到樱花竟这么女性化。那样的色彩与风韵，娇媚与润泽……"真一又说。

二人从这棵樱树旁走开，朝池塘走去。窄窄的道路一侧有张长凳，上面铺着深红色毛毡。有游客坐在长凳上，正在享用薄茶。

"千重子！千重子！"有人在喊。

一身振袖和服的真砂子从坐落在微暗树丛中的"澄心亭"茶室里走出来。

"千重子，好想你来帮帮忙啊。累死啦，一直帮师傅照料茶席来着。"

"我这身打扮，顶多帮忙洗洗茶具。"千重子说。

"没关系，洗茶具也行，今天不当着客人的面儿点茶。"

"我带着同伴呢。"

注意到真一也在，真砂子悄悄对着千重子耳语："未婚夫？"

千重子轻轻摇了摇头。

"意中人？"

千重子还是摇头。

真一转过身，走开了。

"哎，到席上喝杯茶不好吗……你俩一起来。位子正空着呢。"真砂子劝说道。

千重子婉拒了。她追上真一，问他："我那学茶道的朋友，长得标致吧？"

"普通好看吧。"

"哎呀，人家会听见的。"

千重子礼貌地向站在原地目送他们的真砂子点点头，以示告别。

穿过茶室下面的小径，就是池塘。池畔边的菖蒲叶片带着嫩绿，生机勃勃，睡莲的叶子漂浮在水面上。

池塘周围没有樱花树。

千重子和真一沿着岸边走，踏上一条光线稍暗的林荫小道。嫩叶的清香与潮湿的泥土芬芳扑面而来。狭窄的林荫小道路程很短，一座明亮的、比先前那座池塘更宽广的花园池塘展现在他们眼前。池塘边，红枝垂樱倒映在水面上，此情此景光彩夺目，外国游客们都在拍照，拍樱花树。

池塘对岸的树丛中，马醉木一身低调，开着白花。千重子想起了奈良。那里有很多松树，个头虽然不高，姿态却很挺拔。如果没有樱花，松树的翠绿或许能吸引人们的目光。不，即使在眼下，那洁净纯粹的绿和池塘中的悠悠碧水也能把垂樱的簇簇红花衬托得更加鲜艳。

真一走在前面，踩上池中的踏脚石。人们管它叫"渡水石"。这种踏脚石是圆的，像把鸟居的柱子切成薄片一样。有些路段，千重子得稍稍拎起和服下摆才能踏过。

真一回过头，说："我想背你过去。"

"真能做到，我佩服你。"

这些踏脚石，老婆婆都能迈过去。

踏脚石边上也漂浮着睡莲的叶子。快要到达对岸时，踏脚石周围的水面上倒映出小棵松树的影子。

"这些踏脚石的布置手法，是不是带着什么抽象概念？"真一问。

"日本的庭园不是都很抽象吗？好比醍醐寺院子里的桧叶金发藓，人们总嚷嚷，说它抽象，听了反倒叫人厌烦。"

"是啊，那些苔藓确实抽象。醍醐寺的五重塔已经修缮完毕，正要举行落成典礼，去看看？"

"醍醐寺的塔也是照着新金阁寺建的吗？"

"八成刷了一层耀眼的新颜色吧。塔倒是没烧，拆除后，照原样重建。落成典礼正好赶上樱花盛开的时节，应该有不少人会去。"

"想赏花，看这里的红枝垂樱就行，其他的，不想看。"

二人踏过最后几块踏脚石。

来到对岸后，只见岸边树木丛生，都是松树。少顷，便走到了桥殿。这座桥的正式名称是"泰平阁"，桥的模样，使人联想到"殿"。

桥两侧设有低靠背长椅，人们坐在这里歇脚，越过池塘眺望庭园的景色。不，应该说，是在眺望有池塘的庭园。

坐着的人们，有的在喝饮料，有的在吃东西。还有小孩子，他们正在桥中央跑来跑去。

"真一，真一，坐这儿。"千重子先落了座，右手按在长凳上，给真一占了个位子。

"我站着就行，"真一说，"蹲在你脚边也可以。"

"胡说。"千重子忽地站起身，让真一坐下，"我买鱼饵去，喂鲤鱼。"

回来后，千重子把鱼饵投入池塘，鱼群便簇拥上来，有的鱼还挺出水面。涟漪阵阵，扩散开来，樱与松的身影随之摇曳。

"你也试试？"说着，千重子把剩下的鱼饵递给真一。真一没有说话。

"头还疼吗？"

"不疼了。"

二人就这样坐着，坐了好久。真一表情肃穆，一直凝望着水面。

"想什么呢？"千重子问。

"唔，怎么说呢，人总有什么也不想的幸福时刻吧？"

"在鲜花盛开的日子里……"

"是在一位幸福的千金身边。这幸福的香气感染了我，好比那温暖的青春。"

"我是幸福的？"千重子又问了一遍，忧郁之色倒映在眼底。只是，因为低着头，看上去更像一泓池水映入眼帘罢了。

千重子站起身。

"桥那头有我喜欢的樱花。"

"从这儿都能看见。是那棵吧？"

那株红枝垂樱壮观极了。人们都知道它，它是棵名树。它的枝丫如垂柳般垂落，并向四周舒展开来。千重子走到树的下方，似有若无的微风轻轻吹拂，花瓣飘落在她脚边和肩膀上。

樱花树下，花瓣零零落落，铺了一地。池塘水面上也漂着花瓣。不过，看那光景，大约只有七八片。

尽管有竹棚架支撑着，低垂的花枝中，一些纤细的枝梢依然低得像即将触碰到水面一样。

红枝八重樱层层叠叠，透过枝丫间的缝隙，池塘对岸的东边树丛上方，可以望见铺满嫩绿新叶的山峦。

"那是东山的支脉吧？"真一问。

"那是大文字山。"千重子答道。

"嚯，叫大文字山呀。这山怎么那么高？"

"大概是人站在花丛中看过去的缘故吧。"

说了这句的千重子，自己就站在花丛中。

二人依依不舍，不忍离去。

这棵樱花树周围铺着白色粗沙，沙地右侧是一片松林，放眼整座庭园，这些松树堪称高大挺拔，姿态优美。随后，他们来到神苑出口处。

"真想到清水寺去看看啊。"走出应天门后，千重子说。

"清水寺？"真一兴致不高，一脸淡然。

"我想登上清水寺，俯瞰夕阳下的京都，想看日落时西山上空的天色。"千重子反复表达，真一也就依了她。

"唔，那走吧。"

"步行去吗？"

路程很远。二人避开路面电车的轨道，兜个圈子绕过南禅寺，经过知恩院后门，横穿圆山公园，踏着古朴的小巷，来到清水寺大门前。此时，春日晚霞恰好染红天空。

清水寺的悬空舞台上，只有寥寥三四个女学生在参观。光线不足，以致她们的相貌难以分辨。

千重子最中意这个时候来。幽暗的正殿中，佛灯正在燃烧。千重子没在正殿这里的悬空舞台上停步，而是径直走了过去，经过阿弥陀堂前方，一直走到内院。

内院也有一个临崖而建的"舞台"。和桧皮铺葺的轻巧屋顶一样，舞台同样小巧又轻盈。这舞台是西向，面向京都大街，面朝西山。

城市街道华灯初上，淡淡霞光亦停留在城市上空。

千重子倚在舞台的栏杆上，远眺西山，仿佛已忘记结伴而来的真一。真一走到她身旁。

"真一，我是个弃儿呢。"千重子冷不丁冒出这么一句。

"弃儿？"

"嗯，弃儿。"

"弃儿"这词，是有什么不可言说的含义吗？真一迷惑了。

"弃儿？"真一喃喃自语，"千重子，连你这样的人，都觉得自己是弃儿吗？你要是弃儿，我这号人也是弃儿啦，精神上的……也许凡人都是弃儿。出生本身，就挺像上帝把你遗弃到人世间嘛。"

真一凝视着千重子的侧脸。似有若无的晚霞为之染上一点色彩，或许，侧颜中也带有春宵入夜时的一丝哀愁。

"倒不如说，我们都是上帝之子。先遗弃，再拯救。"

然而，千重子仿佛置若罔闻。她只管俯瞰灯火通明的京都大街，头也不回，看都没看真一一眼。

真一感到千重子带着一种莫可名状的感伤。他想把手搭在她肩上，千重子却躲开了。

"我是弃儿，你还是别碰我了。"

"不是说了吗，人类都是上帝之子，是弃儿。"真一的语气强硬了几分。

"不是那么玄妙的概念。我不是上帝的弃儿，而是被生身父母遗弃的孩子。"

"……"

"我是个弃儿，被扔在店门口的红色格子门前。"

"你胡说。"

"是真的。虽说这种事告诉你也无济于事。"

"……"

"我呀，从清水寺这儿眺望暮色下的广阔城市，就会想，我真的出生在京都吗？"

"你在说什么呀，脑子不正常了吧。"

"在这种事上撒谎，有什么必要呢。"

"你不是批发商家里备受宠爱的独生女吗？独生女就爱瞎想。"

"没错，我是很受宠。现在，就算变成弃儿也不碍事。"

"说自己是弃儿，你有什么证据？"

"证据？店里的红色格子门就是证据。古老的格子门最清楚这事了。"千重子的声音越发清晰，"记得刚上中学时，妈妈把我找去，告诉我，'千重子，你不是我怀胎十月生下来的亲生女儿。我们偷抱了一个可爱的婴儿，一溜烟似的坐车逃了'。可是，抱走婴儿的地点，爸妈讲得很含糊，说法不一致。一个说在祇园夜樱下，一个说在鸭川的岸边。他们肯定认为知道自己是个被遗弃在店铺门前的弃儿后我会难过，才编出这套话来。"

"哦，那你知道生身父母是谁吗？"

"养父母既然这么疼我，我也无意寻找生身父母。他们会不会成为仇野附近无人凭吊的亡魂呢……虽然那里的石碑都已破旧不堪。"

西山上方的落日余晖带着春天的柔和色调，京都的大半个天空，都笼罩在这淡红色的暮霭中。

弃儿也好，偷抱来的孩子也罢，真一无法相信千重子的说法。千重子家坐落在古老的批发商一条街上，跟邻居们一打听，很快就能验证出真伪。可是，真一眼下根本没心思去调查。他很不解，并且，很想了解千重子为何要在此时此地做这样一番表白。

然而，把真一邀来清水寺，或许就是为了做这番表白？千重子的声音愈发纯净，清脆悦耳。声音里蕴含着一股美好且坚韧的力量，仿佛倾诉衷肠这码事面对的并非真一。

千重子已隐约察觉到真一是爱着自己的，这毫无疑问。她这番表白，或许是想让爱着的人了解自己的身世。真一却不这么看。恰恰相反，他感到她的话语间似已暗示出她的拒绝之情，即使"弃儿"这故事不过出自千重子的捏造。

在平安神宫，真一对千重子重复了三次"你很幸福"。她若对此提出抗议，也无大碍。就这样，真一开口试探了。

"知道自己是弃儿后，你寂寞吗？还是会伤心？"

"不，丝毫不寂寞，也不伤心。"

"……"

"想上大学，去求双亲时，爸爸说'一个要继承家业的女孩子，上了大学反而碍事，不如多关心关心买卖上的事'。只在那个时刻，我才稍微有些……"

"前年的事吧？"

"嗯，前年。"

"千重子，你百分百听父母的话吗？"

"嗯，百分百听。"

"婚姻这类大事，也百依百顺？"

"嗯，是打算依着他们。"千重子毫不犹豫地答道。

"你没有自我，没有自己的真感情吗？"真一问。

"就因为有，且太多了，才觉得难办。"

"你在压抑它，想把它抹杀？"

"不，不想抹杀。"

"你说话尽绕弯子。"真一试图发出一声轻笑，声音却有些颤抖。他把上身探出栏杆，想看清千重子的脸。

"谜一般的弃儿，真想看看你长什么样啊。"

"天已经黑了。"千重子这才回过头看真一，今天第一次回头。她的眼睛里闪烁着光芒。

"真可怕……"千重子抬起头，看了看正殿的屋顶。厚重桧皮修葺出的屋顶带着沉重又幽暗的气势逼近观者，使人感到恐惧。

尼姑庵与格子门

三四天前，千重子的父亲佐田太吉郎就躲进了隐匿在嵯峨野中的尼姑庵。

虽说是尼姑庵，庵主也已年过六十五。这间小小的尼姑庵能留存于古都，自有它的渊源。正门位于竹林深处，很难窥见。这儿与观光旅游这几个字毫无瓜葛，静谧清幽。厢房偶尔供举办茶道会之用，也不是什么世人皆知的茶室。庵主经常外出，教人插花。

佐田太吉郎在这里租了一间屋。眼下，他的心境或许与这尼姑庵颇为相似。

再怎么说，佐田的和服批发店也开在京都的中京区。周围的店铺大多已改为股份有限公司，佐田的店铺也走了股份公司这一形式。太吉郎自然是总经理，不过，买卖都交给掌柜的（如今称其为专务或常务）打理。尽管如此，店里多少保留着一些老字号的规矩。

还是个年轻人时，太吉郎身上就有一股名家风范，不爱与人交际。他完全没有举办染织作品个展的雄心。就算办了展，届时，恐怕也会因作品过于新奇而难以售出。

太吉郎的父亲叫太吉兵卫，生前常偷偷观察太吉郎作画。太吉郎没有像公司里那些绘图师和外面那些画家一样迎合潮流画些图样。只是，太吉兵卫在知道太吉郎没有天赋难以进步，遂靠吸食麻醉剂来画些古古怪怪的友禅画稿时，他马上把太吉郎送进了医院。

到太吉郎当家的时代，画稿更加平淡无奇。太吉郎感到很悲伤。为寻找构图灵感，他经常独自隐居在嵯峨野的尼姑庵里。

战争结束后，和服上的纹样发生了显著变化。他想起当年靠吸食麻醉剂画出来的古怪图样，心想，以现在的眼光看，说不定还是些标新立异的抽象派作品呢。然而，眼下，太吉郎已是年过半百之人了。

"干脆走古典格调算了。"有时，太吉郎会如此嘀咕。然而，当年那些优秀画稿不断浮现在眼前，老式织锦残片和古代衣裳上的图样跟色彩都进入了他的脑海。他也经常到京都的名园里或山野间去散步，做些和服图样写生。

中午时分，女儿千重子过来了。

"爸爸，要不要吃森嘉的汤豆腐？我买来了。"

"哦，谢啦。吃上森嘉的豆腐固然叫人高兴，你来了，我更高兴。能不能留到傍晚，给爸爸的脑子解解死结？这样，我就能构思出一幅精彩的图样。"

搞布料批发的老板没必要描画稿，这样反而会影响生意。

然而，即使在店里，有时，太吉郎也会坐在起居室那头的窗边，坐在矮桌前，面对放着吉利支丹石灯笼的中庭，一坐就是大半天。

矮桌后方立着两个古色古香的桐木衣柜，里面装着中日两国的古代织锦残片。衣柜旁的橱架上，摆的全是来自各地的各式布料。

后面是独立仓库，仓库二楼原封不动地存放着能乐戏服跟和服打褂等衣装，还存了不少南洋等地的印花布料。

此外，太吉郎也从父辈或祖辈那里继承了一些收藏品。可是，每当举办古代织锦展览，希望他展出藏品时，他总是冷冰冰地加以拒绝，说"遵照先祖遗愿，概不外借"。措辞非常生硬。

房子是座京都老宅，要上厕所，就得经过太吉郎坐着的这张矮桌，经过他身边那条狭窄的走廊。有人走过，他尚能皱起眉头，一言不发，店铺那边稍有喧哗，他就厉声喊："能不能安静点?!"

掌柜的双手扶地，说道："有客人，从大阪赶来的呢。"

"买不买随他的便！批发商不是多得很？"

"但是，他是咱的老主顾……"

"选布料得用眼，动动嘴就买，不正说明他眼力不行吗？要是真担得起商人二字，一眼就能认出好坏。虽说我们手上廉价货多了些。"

"是。"

从矮桌到矮桌四周的坐垫，太吉郎身下铺着一整块带有异国情调的古董地毯，屋子四周则悬挂着帷幔，是名贵的南洋印花布料。这是千重子的巧思，帷幔多少能缓和一下店铺那边传来的嘈杂声。千重子时常更换这些帷幔，每次来换，父亲都能感受到千重子那份体贴，就会和她聊起这些布料。譬如，这块是爪哇产啦，那块是波斯制啦，这块出在什么年代，那块绘了什么图案，等等，解说得很细致。可是，有些地方，连千重子也听不明白。

"做手提包太可惜，剪开用作茶会上的小茶巾又嫌太大，拿来做腰带，应该能做几条吧。"有一次，千重子环视着这圈帷幔，这样说道。

"拿剪刀来。"太吉郎说。

父亲接过剪刀，熟练地剪开帷幔。到底是行家。

"拿这块给你做腰带，不错吧？"

千重子大吃一惊，眼睛湿润了。

"这怎么行呢，爸爸。"

"能行，没问题。你系上这条印花腰带，说不定我就能想出更好的图案啦。"

去嵯峨野的尼姑庵时，千重子系的就是这条腰带。

不用说，太吉郎一眼就瞧见了女儿系着的这条印花腰带，可他没有仔细打量。父亲琢磨的是，这块布料固然花色大方又华丽，色彩也浓淡均匀，可是，赏樱时节让女儿系这种腰带，真的合适吗？

千重子把半月形便当盒放在父亲身边。

"爸爸，要不要用餐？请稍等，我去准备汤豆腐。"

"……"

千重子起身时顺势回了一下头，望了望门前的竹林。

"已是竹秋 ① 时分啦。"父亲说，"土墙散的散，倒的倒，大部分都崩塌了，就像我这老头子一样。"

父亲的这些话，千重子已经听惯了。她没有安抚对方，只是重复着父亲的话："竹秋时分……"

"过来的路上，樱花开得怎么样？"父亲轻声问。

"散落的花瓣漂浮在池塘水面上，一两棵樱花树站在山峦上那片嫩绿新叶间，还没凋谢呢。路过时，从稍远的地方看过去，反倒别有一番趣味。"

"嗯。"

千重子进厨房去了。太吉郎听见她切了葱，刨了鲣鱼干薄片，备妥吃汤豆腐所需的樽源牌餐具，端了上来——这些都是从家里带来的。

千重子殷勤地伺候父亲用餐。

"陪我一起吃点儿吧。"父亲说。

"好的，谢谢爸爸。"千重子答道。

父亲打量了一下女儿，从肩膀瞧到胸口。

"太朴素了。你老穿我绘制的图样。或许只有你一个人愿

① 农历二月的别称。虽为"竹秋"，却是春之季语。树木大都在秋天落叶，叶片变红变黄，竹却是春天变黄，因为要给即将出土的竹笋输送养分。同样地，竹笋慢慢长大，会在秋天变成一棵竹子，生出绿绿的竹叶，描述这个情景的秋之季语，反而叫作"竹春"。

意穿这些，因为这都是卖不出去的啊。"

"喜欢它才穿的嘛，挺好的。"

"嗯，就是太素了。"

"素是素了些……"

"年轻姑娘穿这么素，不大好。"父亲忽然语声严肃。

"可是，凑近了仔细看的人，都夸赞我穿得漂亮呢。"

父亲沉默了。

如今，太吉郎只把绘制图样当成一种爱好或消遣。他的布料批发生意已趋于大众化，为照顾东家的面子，掌柜的每次只从太吉郎的画稿里拿出两三样，印染成布料。女儿千重子会从这两三种图样里再挑一样，心甘情愿地穿在身上，布料的质地也细致斟酌过。

"不用总穿我绘制的图样，"太吉郎说，"也不要一门心思地穿自家店里做出来的东西。不需要尽这份义务。"

"义务？"千重子大吃一惊，"我穿这些，并不是在尽义务呀。"

"千重子，你要是哪天改穿花哨衣裳，是不是代表找到意中人了？"父亲高声笑着，脸上却没有笑意。

千重子伺候父亲吃汤豆腐，父亲用的那张大桌子便十分自然地映入眼帘。用在京都染色织物上的画稿，一张也没瞧见。

桌子的一角只摆了两样东西——江户时期的莳绘砚盒，两帖高野切①的复制品（或许该称之为字帖）。

父亲到这尼姑庵来，是为了忘掉店里的生意吗？千重子心想。

"活到老学到老嘛。"太吉郎说，表情有些腼腆，"不过，藤原的假名字体线条流畅，对绘制图样来说，不无帮助。"

"……"

"要命的是，我写起字来手抖。"

"把字写大一点呢？"

"已经写得很大了。"

"砚盒上这串旧念珠是……？"

"哦，这个啊，从庵主手里讨来的。"

"您一直挂着它做祈祷吗？"

"用你们年轻人的话说，唔，算是个吉祥物吧。有时，我真想叼住这些珠子，把它咬碎。"

----

① 公元 905 年，奉醍醐天皇之命，平安时期的歌人纪友则、纪贯之、凡河内躬恒、壬生忠岑四人开始编纂诗歌总集《古今和歌集》。高野切是其现存于世的最古老的手抄本，抄写于 1049 年前后。据历史学家考证，抄写者共三人。"切"是书法用语，相当于"墨迹断片"。为欣赏墨宝，人们会从卷轴或册页中裁切出一部分贴在挂轴上，称简或断片。《古今和歌集》被分解成断片时，第九卷开头部分于辗转之间被人带到高野山一带，故得名。一说为此断片的抄写者被推定为平安时期大书法家藤原行成之子藤原行经。

"哎呀，怪脏的，上面带着多少年的手垢呀。"

"怎么会脏呢，那可是两三代尼姑累积起来的信仰之证啊！"

自己的话语似乎触及父亲的伤心事，千重子默默低下头。她收拾好吃剩的汤豆腐，端回厨房。

走出厨房时，她又问："庵主不在吗？"

"大概快回来了。你要回去了？"

"我想在嵯峨野附近走走再回去。岚山上游客正多，我喜欢野宫神社和二尊院附近的小路，也喜欢仇野。"

"年纪轻轻的，喜欢这些个地方，你这前景，叫人担忧啊。可别跟我似的。"

"女人怎么会和男人一样呢。"

父亲站在廊子上，目送千重子离去。

不一会儿，老尼姑回来了，且立刻开始打扫庭院。

太吉郎坐在桌前，脑中浮现出宗达和光琳画的蕨菜，以及描绘春之花草的画作。他惦记起千重子，惦记着刚刚离去的女儿。

一走到有人烟的路面上，父亲隐居的尼姑庵便完全隐没在那片竹林里。

千重子本想去拜一拜仇野的念佛寺，刚登上古老的石阶，来到左首山崖立有两尊石雕佛像的地方，就听见前面传来嘈杂的人声。她止住脚步。

这里立着数百座已然腐朽的旧石塔，它们被称作"无缘佛"。近来，偶尔也会看到一些女子身着薄得出奇的衣裳，站在一堆小石塔中间，被摄影师们团团围住，拍些照片。今天大概也是这样。

千重子从石佛面前走过，下了石阶，脑中回想起父亲说过的话。

很显然，就算想要避开春游岚山的游客跑到仇野一带和野宫神社来，这也不是一个年轻姑娘应有的选择。这甚至比身穿父亲绘制的朴素图样的衣裳还要古怪。

"父亲在那座尼姑庵里好像什么也没干成啊。"一股淡淡的哀情沁入千重子的心头。想咬住那些被手摸脏的旧念珠，是一种什么样的思绪呢？她思索着。

千重子明白，待在店里时，父亲一直试图压抑自己。被压抑住的，就是那股仿佛要咬碎念珠的强烈的感情。

"咬自己的手指头，不是更好些吗。"千重子喃喃自语，又摇了摇头。随后，回想起和母亲一起到念佛寺去敲钟的事来。

这座钟楼是新建的。母亲个头娇小，敲是敲了，却敲得不怎么响。

"妈妈，这有窍门的。"千重子与母亲手心对手心，一起敲了钟。钟声响亮。

"果然有窍门。这个余音，是不是能持续很久？"母亲很高兴。

"这个嘛，跟敲惯了的师父们还是不能比的。"千重子笑着说。

千重子边回想这些往事边漫步在通往野宫神社的小路上。这条小路曾被描述为"通往竹林深处之路"，历史不算久远。如今，原本幽暗的路段到底明亮了许多，神社门前的小店也会出声揽客。

不过，小小的神社从未改变。《源氏物语》中亦有所提及，说这里是皇居遗址，皇室公主在此闲居三年，得清静身心，秉无垢之身，斋戒沐浴，再前往伊势神宫担任斋宫一职。鸟居使用带生树皮自然形态的黑木建造，被细柴枝矮篱笆环绕，神社以这两个特征为人所熟知。

从野宫神社门前走过，一踏上原野间的道路，景色便开阔起来，这就是岚山。

千重子在渡月桥这一侧的岸边松林前乘上公共汽车。

"到家后，该怎么描述爸爸的情况呢？虽然妈一早就知道了吧。"

明治维新运动正式到来前，中京区的很多町屋建筑已在"枪声不绝于耳"与"大火绵延不绝"中化为乌有。太吉郎的铺子也没能躲过一劫。

因此，尽管这一带的商铺仍保留着古色古香的京都风情——红色格子门和设在二楼的虫笼窗，可实际上，它们的存在历史不足百年。太吉郎家店铺后方的泥灰墙仓库倒是在那场大火中幸免于难。

此外，太吉郎的铺子之所以没赶时髦进行翻修，几乎分毫未动，固然有几分"东家秉性本就如此"的意思，或许，也有批发生意不那么兴隆的缘故吧。

到家后，拉开格子门，千重子一眼就望到屋子最里头。

母亲阿繁坐在父亲平日倚着的矮桌前，正在抽烟。她左手托腮，弓着身子，仿佛在读书写字，然而，桌面上空无一物。

"我回来了。"千重子走到母亲身旁。

"啊，回来啦，辛苦了。"母亲回过神来，"你爸过得怎么样？"

"唔，"千重子琢磨着措辞，"我给爸爸买了些豆腐。"

"森嘉的？你爸一定很高兴。做了汤豆腐？"

千重子点点头。

"岚山怎么样？"母亲问。

"游客很多。"

"你爸没把你送到岚山吗？"

"没有，因为庵主不在。"

接着，千重子又说："爸爸好像在练字。"

"练字呀，"母亲一副毫不意外的表情，"练字能静心，我也习过字。"

千重子仔细打量着母亲那张白皙又端庄的脸庞，却看不穿她的内心活动。

"千重子，"母亲平静地喊着她的名字，"千重子，将来，就算你不继承这个店，也未尝不可。"

"……"

"要是想结婚，也可以结。"

"……"

"听明白了吗？"

"您为什么要说这种话呢？"

"一两句话也解释不清。不过，妈都五十了。说这些话，是经过考虑的。"

"咱家这买卖，干脆别做了，这样不好吗？"千重子那双美丽的眼睛湿润了。

"瞧你，话说得没头没脑的。"母亲脸上带着微笑。

"千重子，刚才你说'咱家这买卖不做也罢'，那是真心话吗？"

母亲的声调并不高昂，态度却忽然严肃起来——母亲刚刚还在微笑啊，难不成是自己看错了吗？

"是真心话。"千重子答道，一股痛楚涌上心头。

"我没生气，别露出那样的表情。年轻人能说会道，老年人只能听着，二者谁更凄凉，你肯定明白。"

"妈，请你原谅我。"

"不至于到原不原谅的地步。"

这一次，母亲真的在微笑。

"我这些话，同刚才和你谈的，好像扯不上什么关系呢。"

"我也是，稀里糊涂的，不知自己说了些什么。"

"人呐——包括女人，自己说过什么，就要坚持到底，尽量不要改变。"

"妈！"

"在嵯峨野，对你爹是不是也这样说了？"

"没有，什么也没对爸爸说……"

"是吗？对你爹也说说看嘛，说给他听听。他是男人，听了可能会生气，不过，心里肯定很高兴。"母亲用手扶着额头，又说，"坐在你爹的桌前，就老想你爹的事。"

"妈，您全都知道了吧？"

"知道什么？"

母女两人沉默了好一阵子。最后，还是千重子忍不住，先开了口。

"我去锦市场里看看有什么菜吧，好准备晚饭。"

"也好，你看着买吧。"

千重子起身走到店铺这边来，又下到土间。最开始，土间是个细长条，直通内宅。正对着店铺的墙边设了一排黑黑的灶台，厨房就在这儿。

如今，不至于还使用柴火灶做饭。人们在灶膛里装上煤气炉，铺了木板。灶底跟从前一样，保留泥灰结构。这地方四面透风，京都的寒冬腊月一来，最让人吃不消。

不过，灶这东西并没有被拆除（大部分人家都保留着），也许是普遍信奉三宝荒神——火神灶王爷的缘故吧。灶台后方，家家都贴着镇火的神符。布袋神也一字排开，供着。布袋神共七尊，每年初午①那天，人们都要去伏见稻荷大社拜神，请一尊，此后年年都买，逐尊请来。要是中途家里死了人口，就从第一尊开始重新买，直至凑齐。

千重子家的店里，七尊灶神都请齐了。因为家里就三口人，父母跟女儿。别说七年间，都过去十年了，也没死过人。

成排摆放的灶神旁立着一个白瓷花瓶。每隔两三天，母亲就会给花换水，细心擦拭下面的搁板。

---

① 每年二月，第一个干支逢午的日子，称为午日。午在十二地支中排第七，五行属火。

千重子拎着菜篮子迈出大门。也就前后脚的工夫吧，一位青年男子拉开格子门，进了她家。

"哦，银行里的人啊。"

对方似乎没注意到千重子。

既然是常来家里的年轻职员，倒也没什么可担心的。可想归想，千重子的脚步变得沉重起来。她凑近店面外的格子窗，指尖轻轻拂过一道道木格子，一步步往前走。

沿着木格子走到尽头后，千重子回过身，抬头看了看店面。

二楼的虫笼窗与窗前那块旧招牌一同映入眼帘。招牌上带着坡屋顶形状的小雨棚，看上去，既像老字号的标志，又像某种装饰。

春光和煦，倾泻在招牌上的陈旧金字上，显现出一种黯淡，甚至给人一种凄凉感。挂在门口的厚棉布暖帘也已褪色发白，显露出粗壮的缝线。

"唉，即使平安神宫的红枝垂樱也有寂寞的时候呀，何况是我。"千重子加快了脚步。

锦市场一条街还是跟往常一样，人头攒动。

折回自家铺子时，在门口不远处遇见一位白川女①。千重

---

① 居住在白川沙产地即京都东部地区的妇女。这里的女性不分四季卖花为生，走街串巷沿途叫卖。自平安时代以来，这一风俗一直延续至今。

子主动叫住她。

"顺便到我家坐坐吧。"

"好的，多谢。小姐，你出门啦？回来得正是时候。"那姑娘说，"去哪儿了？"

"去锦市场买菜。"

"真能干啊！"

"供神用的花……"

"噢，多谢惠顾。看看这些，喜欢吗？"

说是花，其实是杨桐。说是杨桐，其实是它的嫩叶。

每逢初一跟十五，白川女就会把它送来。

"今天遇上的是小姐你，太好了。"白川女说。

对千重子来说，挑选缀满嫩叶的小树枝同样是件令人雀跃的事。她单手持一枝杨桐，走进家门，发出快活的声音："妈，我回来啦。"

千重子再次拉动格子门，拉开一半，看了看外头，见卖花的白川女还站在大街上，就招呼她："进来歇歇，喝杯茶再走吧，我去沏茶。"

"嗯，谢谢，你总是这么体贴。"姑娘点点头，头顶一篮子野花，走进土间，"我这儿都是些平平常常的野花。"

"不要紧，我喜欢野花。多谢你，还记着呢。"千重子欣赏着从山野间摘下的花朵。

进了大门口，只见这头有一口老井，灶台在里头。井口有盖，盖子是竹编的。千重子把花和杨桐放在竹编井盖上。

"我去拿剪子。哦，对了，得先清洗一下杨桐的叶子。"

"剪子这儿就有。"白川女摆弄出一些动静，又说，"府上的灶王爷总是干干净净的，我们这些卖花的，看了也很感动呢。"

"我妈这人比较爱干净。"

"小姐你也是，干干净净的。"

"……"

"最近，好多人家里脏得很，灶王爷也好，花瓶跟井口也罢，都落着一层灰。卖花的瞧见，也会越看越难过呀。可是，到府上来我就放心了，真叫人高兴。"

"……"

家里的生意很要紧，经营状况却日渐萧条。这类话，千重子无法向白川女挑明。

母亲依然坐在父亲的小桌前。

千重子把母亲请到厨房，给她看从集市上买来的东西。母亲看着女儿从篮子里掏出东西一一摆好，心想，这孩子也懂得节省了。也可能因为父亲去了嵯峨野的尼姑庵，不在家的缘故。

"我给你搭把手。"母亲也站在灶台前,"刚才那位,就是常来的卖花姑娘吧。"

"嗯。"

"你送你爹的那些画册,在没在嵯峨野的尼姑庵里?"母亲问。

"唔,没注意看……"

"别的无所谓,你给他的书,他肯定全带走啦。"

那本画册收录了保罗·克利、亨利·马蒂斯、马克·夏加尔等人的画作,还有一大批当代抽象派画家的作品。千重子想,这些画说不定能唤起父亲心中的某种新灵感,就买了下来。

"咱家本来就不需要你爹画什么画稿嘛。鉴一鉴别处染好送来的东西,卖出去就行,可你爹总是……"母亲说。

"不过,话又说回来了,千重子,你天天穿着你爹设计的和服,妈妈也该感谢感谢你。"母亲继续说。

"谢什么呀。我是因为喜欢才穿的嘛。"

"你爹瞧见自己女儿身上穿着这样的和服,系这样的腰带,不会觉得太素净吗?"

"妈,虽然是朴素了点,但仔细瞧瞧,这衣裳很有品位。有人还夸过我呢。"

千重子记起来了，今天跟父亲说过同样的话。

"有时候，漂亮姑娘穿得素净些反倒合适，不过……"母亲掀开锅盖，用筷子试了试锅里的炖菜够不够熟，又说："为什么你爹就不能画些鲜艳、时髦的图案呢。"

"……"

"从前，你爹也画过相当鲜艳、新颖的图案哩。"

千重子点点头。

"妈，您为什么不穿爸爸设计的和服呢？"

"妈已经老了，穿不穿都无所谓。"

"您总说老了老了的，究竟多大年纪呢？"

"老了就是老了。"母亲只是如此作答。

"那个是叫无形文化遗产吧？那位'人间国宝'小宫先生画的江户小纹，穿在年轻人身上反倒十分合衬，特别耀眼。从身边走过的人，都要回头瞧上一眼呢。"

"你爹怎么能跟小宫先生这样的大人物相提并论呢。"

"爸爸的设计灵感来源于精神浪潮的深处……"

"瞧这话说的，可真深奥。"母亲那张带有京都风情的白皙脸庞上浮现出另一种神色，"不过，千重子，你爹说过，等你办婚礼那天，他要给你设计一件鲜艳夺目的华丽和服。妈也是，早就期盼着这一天的到来。"

"我的婚礼？"

千重子略带一丝愁容，沉默了大半晌。

"妈，您这一辈子，最让人神魂颠倒的事儿是什么呢？"

"这个嘛，记得以前也讲过，就是同你爹结婚，以及你还是个可爱的小婴儿时，我和你爹把你偷抱走那事。我俩抱着你，坐上车就跑。虽然已过去二十年了，可如今回想起来，心里还是扑通直跳。千重子，来，按按妈的胸口。"

"妈，我是个弃儿吧？"

"不，你不是。"母亲使劲摇头。

"人这一辈子，总会干出一两件可怕的坏事。"母亲继续说，"偷抱婴儿，大概比偷钱或偷别的什么更加罪孽深重吧，或许比杀人还要恶劣。"

"……"

"你的亲生父母该有多伤心啊，没准都急疯了。一想到这儿，我恨不得现在就把你送回去，可是，已经还不了啦。千重子，你想找到生身父母，想回到他们身边，这也是没法子的事。不过，真那样的话，我这个做母亲的，可能就活不下去了。"

"妈！别再说这种话啦，千重子只有您这一个母亲。从小到大，我一直都这样想。"

"我明白。就因为这样，我们的罪孽更深重。我跟你爹已经做好思想准备了，死后要下地狱。只要我家的好闺女不离开我俩，下地狱有什么了不起的！"

千重子瞧了瞧情绪激动的母亲，只见泪珠儿顺着母亲的脸颊滚落下来。千重子也是，眼眶里噙着泪。

"妈，请和我说实话。我是个弃儿，对吗？"

"不是！说过了呀，不是。"母亲再次摇摇头，"千重子，你怎么总认为自己是弃儿呢？"

"我不相信爸妈会偷抱别人家的婴儿。"

"刚才不是说过吗，人这一辈子，总会做一两件违背良心的、可怕的坏事啊。"

"那，你们是在什么地方捡到我的呢？"

"祇园那棵夜樱下呗。"母亲滔滔不绝地讲了起来，"以前好像也说过，樱花树下的长凳上躺着一个可爱的婴儿，一看到我们，就像花儿一样绽开笑脸。我没忍住，就把你抱起来。一抱你，我的心就化了，喜欢得不得了。我把脸贴在你的小脸蛋上，望着你爹，他说：'阿繁，咱把这孩子偷走吧。'我说：'啊？'他又说：'阿繁，快跑，赶紧跑呀！'之后的事，就像一场梦。印象中，我俩是在卖芋棒①的平野屋附近急匆匆地坐上了车。"

---

① 将一种名为"虾芋"的芋头和鳕鱼干一起炖煮的京都传统美食。

"……"

"婴儿的母亲刚离开这么一小会儿，我就趁机把你抱走了。"

母亲这番话，倒也说得通。

"造化弄人啊。打那天起，你就成了咱家的孩子。都过去二十年啦，把你抱来，究竟对你有益还是有害呢？就算有益，我也时常在心里合掌念佛，祈求神明的宽恕。你爹估计也是这么想的。"

"是有益的。妈，我觉得是有益的。"

说着，千重子用两只手捂住眼睛。

不管是捡来的还是抢来的，报户口时，家里是按"佐田家的长女"为千重子登记户籍的。

你不是我们的亲生女儿——父母第一次坦白此事时，千重子感到难以置信。刚上中学时，她甚至怀疑过自己，心想，我是不是做错了什么事，爸妈看了不满意，才这样说我呢。

或许，父母是担心邻居的风言风语会传到千重子耳朵里，才先一步对其坦白？还是说，父母相信千重子对他们的爱是深厚的，且她已经到了能够明辨是非的年龄？

千重子确实感到震惊，然而，并没有很难过。即使青春期已经到来，这件事也没为她带去太多烦恼。她依然爱着太吉郎和阿繁，对他们感到亲近，也没有刻意追求"不把这事放在心上"。千重子的性格，可能本就如此。

可是，若他们不是生身父母，生身父母理应存在于这个世界的某处。或许，自己还会有兄弟姐妹。

"倒也没有很想见他们，不过……"千重子思忖着，"比起我来，他们的日子想必过得更艰难吧？"

对千重子来说，这问题的答案同样无从得知。老旧格子门后的幽深店铺里，一身怅然的父亲和母亲反而更加牵动她的心。

站在灶台前，就因为这点，千重子才用手捂住双眼。

"千重子，"母亲阿繁抓住女儿的肩膀晃了晃，"过去的事就不要再提啦。说不准何时何地，珠玉就会掉落在这人世间，不是吗？"

"珠玉……多贵重的东西啊。要是这珠玉能镶嵌在您的戒指上就好了。"说着，千重子麻利地干起活来。

吃完晚饭收拾停当后，母亲和千重子上到二楼里间。

二楼临街那头设有虫笼窗，那里的房间很简陋，天花板也很低，供学徒工睡觉之用。紧邻中庭的连廊直通二楼里间。店里也有楼梯，能上到二楼。以前，二楼用来招待大主顾，请他们吃吃喝喝，在此留宿。如今，大部分客人都在正对着中庭的客厅里落座，生意也在此敲定。说是客厅，其实是店铺通往里间的过厅，两侧放着堆满和服布料的橱架。过厅既长且宽，摊开衣料供人挑选也比较方便。房间里常年铺着藤席。

二楼里间的天花板很高，有两间六叠^①榻榻米大小的屋子，是父母和千重子的起居室兼卧室。千重子坐在镜子前，松开发束。她的头发很长，总是梳理得很妥帖。

"妈！"千重子呼唤着隔扇那边的母亲，声音中满是思虑。

---

① 日本典型房间的面积是用榻榻米的块数来计算的，一块称为一叠。

和服一条街

京都作为大城市，树叶之绿意是极美的。

修学院离宫里那些树以及京都御所里的群松和古寺那广阔庭院里的树木自不必说，木屋町和高濑川沿岸种着一排排垂柳，五条和堀川附近亦然，它们遍布整个城市，很容易吸引游客的目光。那些是真正的垂柳。翠绿的枝丫几乎触碰到地面，身姿婀娜。北山附近的赤松同样如此，它们的枝干连绵不绝，描画出一道道柔和的圆弧。

古都春意今正浓。东山一带，树上嫩叶翠色鲜妍。若在晴天，遥望比叡山，亦能看到那一带的新叶绿得正好。

树木之所以好看，大概是由于街道赏心悦目且清扫得彻底。在祇园，即使幽深的小胡同里满是昏暗且陈旧的一排排小房子，路面也不脏。

制作和服的西阵一带同样如此。就算看似寒酸的小门小户都挤在一条街上，路面依然干净。不管格子窗有多小，窗上也不积灰尘。植物园等地也一样，地上没有乱扔的纸屑。

从前，美军在植物园里盖了营房，自然禁止日本人入内。现在，军队撤走了，这里便恢复了以往的模样。

家住西阵的大友宗助喜欢植物园里的林荫道。两旁种着樟树的林荫道，树木并不茂盛，道路也不长，不过，以前他经常到这儿来散步。樟木刚抽芽时，也会来。

"那些樟树，不知现在怎么样了？"有时，伴着织机声，他会念叨那些树——不至于被占领军伐倒了吧？

宗助一直等待着植物园重新开放。

他散步时有个习惯，出了植物园会稍稍爬一下高，登上鸭川沿岸，这样就可以眺望北山的景色。他经常独自漫步。

虽说又去植物园又去鸭川，但宗助顶多耗上一个小时左右。他十分留恋那样的散步时光，至今仍记忆犹新。

正想着，妻子冲他喊道："佐田先生来电话了，好像是从嵯峨野打来的。"

"佐田？从嵯峨野打过来？"宗助站起身，朝账房走去。

宗助做纺织生意，比批发商佐田太吉郎小四五岁。不过，抛开买卖关系不谈，二人的确志趣相投。刚结识那会儿算是"狐朋狗友"，近几年，多少有些疏远。

"我是大友，久违了。"宗助接起电话。

"哦，大友啊。"太吉郎的声调异常有精神。

"听说你到嵯峨野去了？"宗助问。

"我躲在嵯峨野某座不起眼的尼姑庵里，悄悄隐居呢。"

"听起来有古怪。"宗助故意拿腔拿调，"尼姑庵里，那可就……"

"不至于，这是正经尼姑庵，庵主上了年纪，就她一个人。"

"那敢情好。只有庵主一个人，就可以和年轻姑娘——"

"别胡说。"太吉郎笑了，"今天求你办件事。"

"行啊，什么事？"

"这就赶到府上去，方便吗？"

"来吧，欢迎。"宗助心中纳闷，"我是出不了门。织机的声音，隔着电话也能听见吧？"

"我刚想说，是不是这声音啊。真叫人怀念。"

"这话说的。要是织机声停了，我们怎么办？这里可没有能让人躲着的尼姑庵啊。"

不到半小时，佐田太吉郎就乘车赶到了宗助家。他两眼放光，飞快地打开包袱，摊开画稿。

"想拜托你织这个。"

"哦？"宗助瞧了瞧太吉郎，"是腰带啊。以你的风格来论，这图样可真新颖，很华丽。噢，是画给藏在尼姑庵里的那位吧。"

"又胡说，"太吉郎笑起来，"是给我女儿的。"

"嚯，织好之后，令爱肯定会吓一大跳吧。先不说这个，这样的腰带，她真的会系吗？"

"其实，正是千重子，送了两三册克利的厚画集给我。"

"克利？克利是什么人？"

"画家。据说，是抽象派的先驱。他的画作线条柔和，格调高雅，可以说是富有诗意的，甚至能唤起老年人的共鸣。我在尼姑庵里反复欣赏他的作品，之后，画出了这个图样。这与日本传统书画断片截然不同，对吧？"

"倒也是。"

"成品会是什么样子，想请你织出来瞧瞧。"

太吉郎那股子兴奋劲儿似乎还没有平静下来。

宗助对着太吉郎的画稿，端详了好一阵子。

"唔，样子真好，色调也和谐……很不错。之前，你从没画过这么新奇的图案。不过，看着还是素净，不大好织。我们会全力以赴，试着把这种情绪织出来。女儿的孝心和双亲的慈爱，要表现的，就是这个吧。"

"谢谢。近几年，有些人一张嘴就是'理念'啊'品位'啦之类的。往后，恐怕连色彩都要照着时髦的西洋定义走了。"

"那一套，也未必高雅吧。"

"我这个人，最讨厌带洋名的玩意儿。日本自昔日王朝起就拥有妙不可言的优雅色彩，不是吗？"

"对。单是'黑'这一种颜色，就有各式各样的微妙差别。"宗助点了点头，"不过，这事儿今天我也想过。都是织腰带的铺子，也有像伊豆藏家那样发展的啊。他那边盖了一栋四层楼的洋房，搞现代工业。西阵这一带，以后都会变成那样吧？一天生产五百条腰带，不久的将来，员工还要参与到公司经营。他们的平均年龄，据说都在二十岁上下。像我们家这样还在使用手摇织机的家族产业，不出二三十年，肯定会被淘汰掉。"

"别胡说。"

"就算幸存下来，充其量不过是个'无形文化遗产'。"

"……"

"连佐田你这样的人，都知道克利什么的……"

"我确实提过保罗·克利这名字。不过，我是隐居在尼姑庵里，花上十天半个月，日思夜想，才设计出这条腰带的图案和色彩。你看，还算运用自如吧？"

"相当纯熟，很有日本独有的风雅之韵。"宗助连忙说，"一看就是你的手笔。我们会织出一条漂亮腰带的。得设计个好款式，用心搞一搞。对了，论织布手艺，秀男比我好，还是让秀男来织吧。他是我的长子，这你知道吧。"

"知道。"

"秀男织东西，比我精致多了。"宗助说。

"嗯，怎么织好，你瞧着办就行。虽说我是个批发商，但我经手的东西，多半是销往乡下小地方的。"

"瞧你说的。"

"这腰带不是夏天系的，配合秋天用。不过，还是想早点看见它织好。"

"嗯，我明白。这腰带，打算配什么样的和服？"

"只顾着考虑腰带了……"

"你是批发商，可选的好和服还不多得是？选哪套都错不了。不过，看样子，这是在给令爱准备嫁妆？"

"不不，没有。"太吉郎脸红了，好像说的是自己似的。

据说，西阵的手摇织机很难连传三代。即是说，操作手摇织机是一种工艺。即使父辈是出色的织匠，拥有高超的技术，也不见得能传授给儿子。儿子不能因为父亲技术高超就自己偷懒，且就算认真学习勤奋实践，也不一定能领悟到技艺的真谛。

不过，也有这种情况——孩子长到四五岁，先让他练习缫丝。到了十一二岁，接受织匠训练。最后，就能按薪水接活儿。因此，家里孩子越多，对家庭越有益，也能使家业更繁荣。此外，六七十岁的老妪也可以帮自家缫丝，因此，在有些人家里，祖母和小孙女是脸对脸坐着干活的。

　　大友宗助家只有老伴一人帮忙绕丝线。她日复一日闷头坐着干活，看上去比实际年龄更加苍老，人也变得沉默寡言。

　　家里有三个儿子，每人操作一台高机，正在织腰带。有三台高机，家境自然算好的，普通人家都是一台。有的人家甚至只能租借别人的机器用。

　　如宗助所言，长子秀男的手艺超过了父辈，在纺织厂和批发商中也算小有名气。

　　"秀男，秀男。"宗助喊道。

　　秀男似乎没听见。这里又没有大量摆放机械织机，只有三台手摇织机，且又是木制的，噪声并不太大。宗助已经提高嗓门喊他了，可秀男仿佛充耳不闻。也许因为他那台织机离院子更近，在紧里头，他织的又是难度最大的袋带，人比较全神贯注吧。

　　"老婆子，能把秀男叫过来吗？"宗助对妻子说。

　　"嗯。"妻子掸掸膝盖，下到土间。朝秀男跟他那台织机走过去时，她攥紧拳头，不住地捶打后腰。

秀男止住操作梭子的手，望了望这边，没有立刻起身。也许是太累了。大概是知道有客人在，他不好意思伸胳膊或伸懒腰，就擦了擦脸，走了过来。

"地方简陋，欢迎欢迎。"秀男态度淡漠，冲太吉郎寒暄了一句，脸上身上仿佛依然沉浸在工作模式中。

"佐田先生画了一幅用在腰带上的图案，想让咱家来织。"父亲说。

"是吗？"秀男还是一副意兴阑珊的口吻。

"这条腰带很重要，你来织。你比我强。"

"是千重子小姐的腰带吗？"秀男抬起那张苍白的脸，头一次望了望佐田。

身为京都人，见儿子摆出一副冷淡的表情，宗助连忙开口，试图打圆场。

"秀男一大清早就开始干活，可能累着了。"

"……"秀男没有作声。

"这样专心致志，才能做出好活儿嘛。"太吉郎反倒安慰起他。

"我织的，是条平平无奇的袋带。不过，我的心思还是在怎么织东西上，对不住您。"说着，秀男低头行礼，却没俯身。

"很好。手艺人就该这样，不然哪行。"太吉郎连连点头。

"有些东西挺没意思，有人却把那些当成我家的织品，叫人格外难受。"秀男低着头说。

"秀男，"父亲换了种语气，"佐田先生的设计可跟那些东西不一样！这是人家隐居在嵯峨野的尼姑庵里设计出来的画稿，是非卖品。"

"是吗？原来是在嵯峨野的尼姑庵里画的。"

"好好见识见识。"

"嗯。"

太吉郎被秀男的气势所震慑，刚进大友家时那股威风劲儿灭得差不多了。

他把画稿摊开，放在秀男面前。

"……"

"你满意吗？"太吉郎怯生生地问。

"……"秀男一言不发，只是盯着看。

"看来是不行。"

"……"

"秀男！"宗助忍无可忍，"快答话呀，这样多不礼貌！"

"嗯。"秀男依然头也不抬，"我是个手艺人，得好好见识见识佐田先生的设计。这可不能瞎糊弄，这是千重子小姐的腰带，对吧？"

"没错。"父亲点点头，可又感到惊诧，觉得秀男的态度有些异常。

"不够好吗？"太吉郎又问了一句，粗声粗气的。

"很好。"秀男平静地说，"我没说不好。"

"嘴上不说，心里却……你的眼睛在说话。"

"是吗？"

"你什么意思！"太吉郎站起身，给了秀男一记耳光。秀男没有躲闪。

"尽管打吧。您设计的图案，我怎么可能说不好呢！"

是不是因为挨了打呢，秀男的表情反而显得生气勃勃。

挨了耳光后，秀男双手扶地，道起歉来，摸都没摸一下被扇红的半边脸。

"佐田先生，请您原谅。"

"……"

"惹您生气了。不过，我还是很想织这条腰带。"

"好吧。本来就想拜托你们家织嘛。"

随后，太吉郎试着抚平自己的情绪，说："我也有错，请原谅。一把年纪了还动怒，实在不体面。打了人，手真疼啊。"

"我这手，要是能借给您就好了。手艺人嘛，手上皮厚。"

两个人都笑了。

然而，太吉郎心里那股子追根究底的情绪并没有消失。

"还真想不起来已经多少年没打过人啦——这回，请你多担待。不过，秀男，我还是想问一句，看着我设计的腰带图案，你的表情为什么那么古怪？能直言相告吗？"

"嗯。"秀男又是一脸严肃，"我还年轻，又是个干活儿的手艺人，设计上的事，不是太懂。您刚才说，这是隐居在嵯峨野的尼姑庵里画出来的？"

"对，一会儿还得回庵里。我想想啊……还要待半个月左右。"

"别去！"秀男语气强硬，"您还是回家吧。"

"在家里，安不下心呐。"

"这条腰带的图案华贵、醒目，特别新颖，看了感到很吃惊。佐田先生是怎么画出这样美的图案来呢——我边想这个边使劲盯着看。"

"……"

"乍一看，感觉很有意思，可是，同温暖的心灵不搭调。不知道为什么，给人一种既荒凉又病态的印象。"

太吉郎脸色煞白，嘴唇颤抖，无话可说。

"就算尼姑庵里再怎么冷清，您也不至于被狐啊狸的缠上身吧。"

"唔。"太吉郎把画稿拉到膝盖前，死死地盯着看。

"唉……说得好。年纪轻轻的，却很有见地。谢谢，我得好好考虑考虑，重新画一幅。"说着，太吉郎胡乱卷起画稿，揣进怀里。

"不不，这幅很出色，织出来感觉就不同了。用染料和彩色丝线改变颜色的话——"

"好意心领啦。秀男，等我再画好，你能用温暖的颜色织好它，帮我表达父亲对女儿的关爱吗？"

说罢，太吉郎匆匆告辞，走出大门口。

门前有一条小河。确实是京都才有的那种小河。岸边水草带着旧日姿态，朝着水面倾斜。岸边那道白墙，可能是大友家的一部分。

太吉郎伸手入怀，把腰带画稿揉成小团，扔进小河里。

丈夫突然从嵯峨野打来电话，让阿繁带女儿出门，去御室①赏花。阿繁不知如何是好，她从未跟丈夫一起赏过花。

"千重子！千重子！"阿繁呼唤女儿，仿佛在求助，"你爹来电话了，你接一下。"

---

① 仁和寺的雅称。该寺为皇家御寺，建造者为宇多天皇。

千重子走过来，把手搭在母亲肩上，接起电话。

"好，我带妈妈过去，您在仁和寺门口的茶馆等我们吧。好的，我们尽快。"

千重子放下电话，冲母亲笑笑。

"不就是邀咱们去赏花嘛，瞧把您吓的。"

"为什么把我也叫去呢？"

"因为御室的樱花开得正好。"

千重子催促着犹豫不决的母亲，二人走出店铺。母亲仍然一副莫名其妙的表情。

跟街上的樱花比，御室里栽的有明樱和八重樱算开得晚的。它们或许是京都樱花季的最后一丝余韵。

一进仁和寺寺门，左首的樱花林（或许该称作樱花花圃）中，花朵正在怒放，沉甸甸的，压弯了枝丫。

然而，太吉郎却说："哎呀，这可真要命。"

樱林中的大道上摆着成排大长凳，人们边吃喝边唱歌，一片嘈杂声。一些乡下来的老婆婆兴高采烈地跳着舞，醉汉则发出震天响的鼾声，从大长凳上滚落下来。

"成何体统！"太吉郎仿佛看不下去，停住脚步。一家三口都没有走进花丛中。御室的樱花，他们再熟悉不过了。

白烟自更深处的树丛中升起，有人在烧游客们丢弃的垃圾。

“咱还是找个清静的地方躲躲吧。是吧，阿繁。”太吉郎说。

刚要往回走，只见樱花林正对面的高耸松树下放着长凳，六七个朝鲜妇女身着朝鲜服装，正在敲朝鲜大鼓，跳朝鲜舞。这一幕比那边那些优雅多了，充满风情。透过碧绿松枝间的缝隙，影影绰绰，亦能望见那盛开的红山樱。

千重子停下脚步，欣赏了一会儿朝鲜舞蹈。

“爸爸，还是清静的地方好。植物园怎么样？”

“对，植物园应该不错。瞧上一眼这御室樱花，也算对得起整个春天啦。”说着，太吉郎一家走出寺门，坐上汽车。

今年四月，植物园重新开放。汽车一趟接一趟地发出，自京都车站开往焕然一新的植物园。

“要是植物园也人挤人，咱们就到加茂川岸边走走吧。”太吉郎对阿繁说。

汽车在满城新绿中向前行驶。比起新建的房屋，古色古香的房子更能衬托出片片嫩叶的勃勃生机。

植物园门前，连同林荫道一起，整个空间既宽广又明亮。左首是加茂川的堤岸。

阿繁把门票掖在腰带里。开阔的景象使人心情豁然开朗。

在批发商一条街上只能看见山峦的一角，何况，阿繁几乎不会走出店铺来到马路上。

一进植物园，只见正前方的喷泉四周开满郁金香。

"这景象已经失了京都韵味，难怪美国人会在这里盖宅子。"阿繁说。

"宅子应该在园子后头吧。"太吉郎答。

一走近喷泉，尽管春风并未拂过周身，细细的水沫却尽数飞溅在半空。

喷泉左边建了一座相当大的温室，带钢化玻璃圆顶。一家三口隔着玻璃观赏各种热带植物，没有进去，因为悠闲散步的时间并不充裕。

道路右侧，一棵挺拔的喜马拉雅雪松正在抽芽。下方的枝丫贴近地面，伸展开来。虽是针叶树，新芽却翠绿又柔嫩，一般说来，不会使人联想到"针"这个字。它和唐松不同，不是落叶树。若是落叶树，它抽出的嫩芽是不是也会被形容为富有诗意？

"我被大友家的儿子数落了一顿。"太吉郎没头没脑地说，"不过，他的手艺比他父亲强，眼光也毒，能看穿事情的本质。"

面对太吉郎的喃喃自语，阿繁和千重子自然有些摸不着头脑。

"您跟秀男碰面了？"千重子问。

"听说，他是个织布高手。"阿繁只说了这么一句，因为太吉郎向来讨厌被人刨根问底。

从喷泉右边直走，走到尽头再向左拐，就是儿童游乐园。耳边传来孩子们大声嬉闹的声音，草坪上堆放着许多小书包。

太吉郎一家自树荫下向右拐，不知不觉间，来到了郁金香花圃。怒放的郁金香很美，美到千重子差点惊叫出声。红、黄、白，与黑色山茶颜色趋同的深紫，它们颜色各异，花朵又大，在各自的领地内争奇斗艳，竞相开放。

太吉郎长叹一声："唉，这样看来，应该取郁金香作新和服的图案。只是，未免俗气了些。"

若将喜马拉雅雪松那抽出嫩芽的下层枝丫比作孔雀开屏，这竞相怒放花团锦簇的郁金香，又该被比喻成什么呢？太吉郎边赏花边琢磨。绚烂多彩的花朵仿佛将空气也染成了五颜六色，映照出人们的内心世界。

阿繁同丈夫保持着些许距离，紧挨着女儿。千重子不解其意，脸上却没有表露出来。

"妈，白郁金香花圃前那些人，好像是在相亲。"千重子主动和母亲耳语。

"噢，应该是吧。"

"别盯着瞧，妈。"女儿拽拽母亲的袖子。

郁金香花圃前有座水池，池里有鲤鱼。

太吉郎自椅子上起身，走过去，凑近郁金香花圃。他弯下腰，头几乎要伸到花丛中。观赏了一番后，他折回母女二人面前。

"西方的花朵很娇艳，但总会看腻的。我呀，还是觉得竹林好。"

阿繁和千重子也站起身。

郁金香花圃是块洼地，四周有树丛环绕。

"千重子，这座植物园是西洋建筑风格吗？"父亲问女儿。

"唔，不太清楚，好像有点西式味道。"千重子回道，"为了妈妈，咱们再多待一会儿，好吗？"

太吉郎像是无可奈何，再次于花丛中迈开脚步。

"佐田……？没错，是佐田。"有人喊道。

"哦，是大友啊。秀男也在。"太吉郎说，"没想到会在这儿碰面。"

"是啊，我也没想到。"宗助深深地鞠了一躬。

"我喜欢这里的樟树跟林荫道，一直在等待植物园重新开放。都是五六十年树龄的樟树。我们走走停停，一路过来的。"宗助再次低头致歉，"前几天，我儿子实在不像话。"

"年轻人嘛，没什么。"

"你从嵯峨野来？"

"对，我从嵯峨野来，阿繁和千重子从家里到这儿跟我碰头。"

宗助走到阿繁和千重子跟前，跟她俩寒暄了一番。

"秀男，你怎么看这些郁金香？"太吉郎的口吻略显严肃。

"花是活的。"秀男还是那样，语气生硬。

"活的？倒也是，的确是活的。不过，我有点看腻了。一片一片的，实在太多。"说罢，太吉郎把脸扭向一边，看也不看秀男。

花是活的。花的生命虽然短暂，却活得光彩夺目。等到来年，花苞又会绽放开来——就像大自然一样充满生机。

太吉郎又一次被秀男的话所触动，仿佛被针扎痛了一般。

"我这双老眼算是废了。我不喜欢用郁金香图案装点和服布料跟腰带，但是，一位伟大的画家来画它，或许能够创作出具有长久生命力的画作。"太吉郎依然扭头看向一旁，"传统书画断片也是一样。有些断片比京都这样的古都还要历史悠久，那么美的东西，却没有人愿意用心创造，只是临摹。"

"……"

"就拿这些活着的树来说吧，比起京都这座城市，有些古树年代更加久远，不是吗？"

"我的话没有这么深奥。我每天嘎哒嘎哒地操作织机，没考虑过这么高深的问题。"说着，秀男低下头，"不过，要让我举例，我会说，要是令爱千重子小姐肯站在中宫寺或广隆寺的弥勒佛前面，比起佛爷，她不知要美多少倍呢！"

"千重子要是听见这话，应该会很高兴吧。不过，这比喻用在她身上太浪费了。秀男，我女儿很快就会变成老太婆。早晚的事。"太吉郎说。

"所以，我刚才说，郁金香是活的。"秀男的声音里充满力量，"花期虽然短，却拼尽全力在开花，不是吗？眼下正是花朵盛开的时节。"

"这倒是。"太吉郎转向秀男。

"我从没想过要给您织出一条能系到孙子辈的腰带。我只考虑当下。我想织出哪怕系一年就完事但系起来确实舒心的东西。"

"用心良苦。"太吉郎点点头。

"没法子，我们家跟龙村家没法比。"

"……"

"刚才说郁金香是活的，就是出于这种心理。花儿眼下开得正好，但是，总有两三片花瓣已经凋谢。"

"是啊。"

"就算是落花，落樱纷纷如飞雪也自有它的情趣，可郁金香会怎样呢？"

"花瓣会凋零，会飘落四方？"太吉郎说，"只不过，郁金香的数量实在太多，我有点不耐烦了。色彩过于鲜艳，反倒失了神韵。我真是老啦。"

"走吧。"秀男催促起太吉郎，"以前织腰带，遇见过客人送来郁金香纹样的镂花纸板。今天瞧见真花，算是饱了眼福。"

太吉郎一行五人告别洼地处的郁金香花圃，拾级而上。

石阶侧边种着大片大片的雾岛踯躅①。它们枝繁叶茂丰盈饱满，与其说像道篱笆，不如说像道长堤。眼下并非杜鹃花期，它们那小小的嫩叶倒是绿得热烈，把盛开的郁金香衬托得更加绚丽多彩。

登上台阶，只见右首视野开阔，是牡丹园和芍药园。这里的花也都没开，且这两座花园大概是新建的，园内景致略有些不协调。

不过，向花园东侧眺望，可以看到比叡山。

从植物园的任何一个角落，几乎都能望见比叡山、东山和

---

① 杜鹃花的别称。

北山，但是，芍药园东面的比叡山，望之仿佛就在眼前。

"是雾霭太重的关系吗，总觉得，比叡山看起来比平时矮一截。"宗助对太吉郎说。

"笼在春霞里，看着才柔和。"太吉郎眺望了一会比叡山，又说："不过，大友，看着这春霞，你不觉得春天已逐渐远去了吗？"

"是啊。"

"雾这么浓，反倒让人觉得春天终将逝去。"

"是啊，"宗助又说，"逝去得真快。赏花这事，我已不大做了。"

"太阳底下没有新鲜事。"

两人默默地走了一会儿。

"大友，从你喜欢的那条樟树林大道走回去吧。"太吉郎说。

"哎呀，谢谢。能走那条林荫道，可太好了。我们来时也是穿那条路进来的，不过……"说罢，宗助回过头，"千重子小姐，能陪陪我们俩吗？"

路旁的一棵棵樟树树梢相连，互相纠缠，树梢上的新叶还带着娇嫩的淡红色。没有风，树梢却时不时轻轻摇曳。

五个人缓步向前，几乎没说几句话。他们各怀心事，行走在林荫下。

太吉郎对秀男说过的话耿耿于怀。他把千重子比喻成奈良和京都最风雅的佛像，还断言千重子比佛像美。他已对千重子如此着迷了吗？

"可是……"

假如千重子和秀男结婚，她会在大友家的纺织生意里占据什么位置呢？像秀男的母亲那样起早贪黑，天天绕丝线吗？

太吉郎回过头，只见千重子和秀男聊得正起劲，时不时冲他点点头。

太吉郎心想，就算谈到"结婚"，千重子也不一定要嫁到大友家去，可以把秀男招进佐田家，当个上门女婿嘛。

千重子是独生女。若是把她嫁出去，母亲阿繁不知有多伤心。

秀男也一样，他是大友的长子。父亲宗助是说过，儿子的手艺比自己强。不过，宗助还有老二、老三嘛。

此外，佐田家的老字号"丸太"虽然生意日渐惨淡，甚至连翻修店内的旧装潢都做不到，但好歹是中京区的批发商，有别于只有三架手摇织机的小作坊。一个雇工都没有，靠家里人亲手织布来揽活儿，生活质量显而易见。这从秀男的母亲即浅子的状态以及简陋的厨房空间就看得出来。就算秀男是长子，若去商量一番，说不定家里会同意，愿意让秀男当千重子的入赘女婿。

"秀男性格稳重，"太吉郎试探宗助，"年纪轻轻，却为人可靠，真是不错。"

"噢，谢谢。"宗助不动声色，"他干起活来倒是很卖力气，不过，一到人前就出岔子，尽干些失礼的事，叫人头疼。"

"那样也挺好。自打上次见过后，我一直在挨秀男的训。"太吉郎居然乐呵呵的。

"真是的，请你原谅，那孩子太固执。"宗助微微低下头，表示歉意，"他无法认同的事，即使是父母说的，他也不会听。"

"这很好嘛。"太吉郎点点头，"怎么今天又是只带秀男一个人出来呢？"

"把弟弟们也带来，家里的织机不就都停下来了吗。再说，这孩子性子倔，就想让他在我喜欢的樟树大道上走走，想着这样或许能让他变得柔和些。"

"这条林荫道真不错。其实吧，大友，之所以把阿繁跟千重子带到植物园来，正是受到了秀男的善意提醒。"

"啊？"宗助一脸诧异，瞧了瞧太吉郎，"是你想见令爱吧。"

"不不。"太吉郎连忙否认。

宗助回过头，只见秀男和千重子走在身后不远处，阿繁走在最后头。

出了植物园大门，太吉郎对宗助说："坐这辆车走吧，西阵也不远。还有点时间，我们打算去加茂川边上走走。"

见宗助踌躇不前，秀男说句"承蒙好意，那我们不客气了"，让父亲先上了车。

佐田一家都站着，目送车子开动。宗助从座椅上欠起半个身子，行了个礼。秀男像在点头致意，又做得不是那么真切。

"他这儿子可真有意思。"太吉郎想起扇秀男一耳光的事，边忍住笑意边说，"千重子，你和秀男聊得很投缘呀。他在年轻姑娘面前表现胆怯吗？"

千重子的眼神带着一丝腼腆，说："在樟木大道上？我只是在听他讲。不知为什么，他兴冲冲地同我谈了许多话题。"

"还不是因为他喜欢你。这点事，你还看不明白吗？他说过，你比中宫寺和广隆寺的弥勒佛爷还美。连我都被吓了一跳，那么别扭的小伙子，竟说出这样了不得的话。"

"……"千重子也吃了一惊，脸红到了后脖颈。

"他都和你说了些什么？"父亲问道。

"西阵一带的手摇织机命运将会如何之类的话题。"

"命运？嗯？"父亲仿佛陷入沉思。

"'命运'这码事，好像很深奥。不过，命运嘛……"女儿答道。

走出植物园，右首的加茂川堤岸上立着一排排松树。太吉郎带头穿过松树林，下到河滩上。说是河滩，其实更像一片长着嫩绿草叶的形状狭长的野地。突然，耳边传来水从堤坝上流下来的声音。

一群上了年纪的人坐在草地上，摊开饭盒；也有些青年男女结伴而行，悠然漫步。

河对岸，上方车道的下面有块供人散步嬉戏的地方。樱花树上，花朵落尽后已长满嫩叶，透过稀疏的嫩叶，可以望见正对面的爱宕山和与之相连的西山。河流上游似乎很接近北山。这一带是风景区。

"咱们坐坐吧。"阿繁说。

隔着北大路桥的桥底下，可以观察到对面的草地上晾晒着几块友禅染布料。

"到底是春天啊。"阿繁看了看四周，说道。

"阿繁，问你啊，秀男这孩子，你觉得怎么样？"太吉郎问。

"'怎么样'是什么意思？"

"收他当上门女婿怎么样？"

"啊？怎么突然说起这话来了。"

"人很可靠，不是吗。"

"是不错。不过，行不行得问千重子吧。"

"千重子早就说过，绝对服从。"说着，太吉郎看了看女儿，"是吧，千重子？"

"这种事，你不能强加于人。"阿繁也看了看千重子。

千重子低下头，脑中浮现出水木真一的身影。是幼时的真一。描眉，涂口红，化妆打扮，穿上王朝风的装束，坐在祇园祭的长刀花车里。那是孩童样貌的真一——当然，那时，千重子也是个小孩子。

北山杉

从古老的平安王朝算起，在京都，论山，说的就是比叡山，论节日，说的就是葵祭。

五月十五日的葵祭已经过去了。

昭和三十一年（1956年），葵祭的敕使队伍中加入了斋王的队伍。入斋院隐居前，斋王要在加茂川把身体洗净，这是一种古代仪式。身穿小袿的命妇[①]坐着轿子打头阵，女嬬[②]和童女紧随其后，乐师奏着雅乐，斋王身穿十二单衣，坐在牛车上，一路巡行。装束如此这般，加之斋王由女大学生那个年龄段的人装扮，因此，场面既风雅又华丽。

---

① 后宫女官，隶属内侍司，地位相当于五品以上。
② 下级女官，隶属内侍司。在后宫中负责打扫卫生和添加灯油等杂事。

千重子有个同学被选上扮斋王。当时，她跟同学们也曾跑到加茂的堤岸上，观看巡行的队伍。

京都的古代神社和古寺甚多，或许，说句"不分地段，城里几乎每天都要举办大大小小的祭典活动"亦不为过。看一眼祭典日历就知道，整个五月，总有热闹可看，令人期待。

献茶仪式，茶室品茶，户外活动，处处都需要煮茶煎水的茶锅，甚至到了一锅难求的地步。

不过，今年五月，千重子连葵祭的热闹都没去凑。五月多雨是个原因，小时候经常被带去参加各种活动，见多了，也是原因之一。

花固然美，千重子同样喜欢看嫩叶上的新绿。高雄附近的枫树自不用说，她也很喜欢若王子一带的枫树嫩叶。

宇治那边寄来了新茶。

千重子边沏茶边说："妈，去看采茶这事，咱们今年真是忘得一干二净啊。"

"茶而已，还没摘完吧？"母亲说。

"估计还在摘。"

那时，在植物园林荫道旁的樟树正在抽芽，像花儿一样美丽。观赏这一幕，大概也有点去迟了的意思。

朋友真砂子打来电话。

"千重子，去看高雄的枫树嫩叶不？"她开口邀请，"跟红叶季时比，现在人少。"

"还赶得上看吗？"

"那边比城里冷，嫩叶应该还在。"

"嗯。"千重子顿了顿，又说，"其实呢，看过平安神宫的樱花后，再去周山看樱花才好呢，结果忘了个一干二净。那棵古树……樱花已经谢了，但我想去看那边的北山杉。离高雄很近，对吧。望着那笔直秀丽的北山杉，心里就忽地一下舒畅了。能陪我去看看杉树吗？比起枫树，我更想看那片北山杉啊！"

千重子和真砂子都认为，来都来了，索性把高雄的神护寺、槙尾的西明寺和栂尾的高山寺等处的枫树绿叶都看一遍比较好。

神护寺和高山寺的坡道都很陡峭。已换上一身轻便洋装、脚蹬矮跟皮鞋的真砂子倒自在，她更担心身着和服的千重子行动起来方不方便，便偷偷瞧了一眼对方。然而，千重子似乎并不为之所苦。

"干吗总是那样瞧我？"

"真美啊！"

"是很美。"千重子停住脚步，俯视着清泷川，"本以为这里的绿会更浓，叫人感到闷热，没想到这么凉爽。"

"我……"真砂子忍俊不禁，"千重子，我是在夸你美呀。"

"……"

"人世间怎么会有这样的美人儿呢！"

"快别说了。"

"一片绿意中，素雅的和服把你的美貌衬托得更加迷人。你要是肯打扮得华丽些，会更出彩的。"

千重子穿了件略显黯淡的紫色缩缅料子制成的和服，腰带是用父亲毫不吝惜一剪子裁开的那块印花布料缝制的。

千重子登上石阶。神护寺里有平重盛和源赖朝的肖像画，也有举世闻名的安德烈·马尔罗肖像画，千重子正在回忆那抹淡淡的绯红到底出现在平重盛的脸颊上还是其他地方时，真砂子说了那样一番话。并且，此前，千重子已经听真砂子讲过好几次类似的话了。

千重子喜欢在高山寺石水院的宽阔檐廊上眺望对面的山峦，也喜欢观赏描绘寺院创建者明惠上人于树上坐禅的肖像画。壁龛旁的装饰区张着一套《鸟兽人物戏画》的复制品。二人坐在檐廊上喝茶，接受寺里的招待。

真砂子从未到过比高山寺更远的地方。观光客会在此止步。

千重子有印象，父亲曾带她到周山赏花，还摘了笔头菜带回家。笔头菜又粗又长。此后，每次来高雄，哪怕是一个人，她也要到毗邻北山杉的村子里走一趟。如今，村庄已经合并到市里，成了北区中川北山町。不过，这里的村民也就一百二三十户，称之为"村"似乎更合适些。

"我习惯走路了，咱们走走吧。"千重子说，"再说，这条路也好走。"

清泷川岸边，陡峭的山崖迫近眼前。很快，一片美丽的松林映入眼帘。这些杉树笔直、整齐、挺拔，一望即知是都经过人工精心修整。只有这个村子才能生产名为北山圆木的知名木材。

或许下午三点是休息时间，一群此前一直在割草的妇女从有杉林的山上下来了。

真砂子呆立在原地，盯着一个姑娘看，说："千重子，那个人很像你，跟你长得一模一样。你不觉得吗？"

那姑娘穿件藏青底织碎白花纹的窄袖和服，用襻带将袖筒挽起并在背后打十字结，下身套条锥形裤，系着围裙，腕上戴着有中指勾环的手甲，头上还扎了头巾。宽宽的围裙一直围拢到后腰，两侧开叉。全身上下，只有襻带和从锥形裤里露出一截的窄腰带是红色的。其他姑娘也是同样的装束。

她们的样子跟大原女和白川女颇为相似，像雏人偶。不过，她们单纯是把这身装束当作上山干活的工作服，不是为了进城卖东西。在野外和大山里劳作的日本女性，或许都做如此打扮吧。

"真的好像。你就不觉得奇怪吗？千重子，仔细看看嘛！"真砂子重复着先前的话语。

"真的？"千重子并没有仔细看，"瞧你，冒冒失失的。"

"冒失就冒失呗。多漂亮的人呐！"

"漂亮是漂亮，不过……"

"像你的异母姐妹似的。"

"看吧，这就叫冒失。"

被千重子这么一说，真砂子才察觉到自己的想法有多离奇。她掩口而笑，没笑出声，说道："人跟人是有相似的地方，可是，像到这个地步，好恐怖啊！"

那姑娘和她的女伴们几乎没有注意到千重子她们俩，径直走了过去。

她的头巾扎得很低，只露出一点额前发，几乎遮住了半边脸，并非真砂子说的那样能够看清楚她的脸。千重子并未与她正面对视。

此前，千重子曾多次来到这个村子。男人们剥去杉树圆木上的粗粝树皮，之后，女人们细致清除剩余部分，用冷水或热水浸泡菩提瀑布的粗沙使之手感柔和，再用沙来打磨圆木，这样的景象她也看过，因此，依稀记得这些姑娘的面孔。那些加工木材的活儿都是在路旁或户外进行的，在这小小的山村，不至于有多大一群姑娘。但是，当然，她也没必要一个一个仔细打量这些姑娘的长相。

目送着姑娘们远去后，真砂子稍稍平静了一些。

"真不可思议。"她再次重复着，且歪着头看向千重子，仿佛在打量她的脸，"真的很像你。"

"什么地方像呢？"千重子问。

"这个嘛，就是觉得像。很难具体描述什么地方像，眼睛或鼻子？不过，中京区的千金小姐跟山沟沟里的姑娘自然不一样，别生气啊。"

"不至于为这个生气。"

"千重子，咱们悄悄跟着那姑娘，到她家去瞧瞧，你说好不好？"真砂子似乎恋恋不舍。

就算是性格开朗的真砂子，"跟到她家悄悄去瞧"这种话，也不过是说说而已。然而，千重子放慢了脚步，几乎停驻在原地。她时而仰望漫山遍野的杉树，时而凝视家家户户门前堆放着的杉树圆木。

白杉的圆木根根粗壮，打磨得非常好看。

"真像手工艺品啊。"千重子说，"听说，修缮茶室也用这个，甚至还销到了东京跟九州。"

靠近屋檐前方的地方立着一排圆木，整整齐齐，一字排开，二楼也立着一排。有一处人家，二楼那排圆木前还晾晒着汗衫等贴身衣物。真砂子看了觉得很稀奇。

"这家人怕不是住在圆木堆里。"

"真砂子，你可真是个冒失鬼。"千重子笑了，"圆木小屋旁有户很好的人家，不是应该这样想吗？"

"啊，对，二楼还晾着衣服呢。"

"真砂子，你说那位姑娘像我，也是这样信口开河的吧？"

"那个和这个是两码事。"真砂子认真起来，"说你像她，你真的那么意外？"

"倒也谈不上意不意外的……"千重子说着话，脑子里却毫无征兆地浮现出那姑娘的眼神。勤劳又健康的模样，眼睛里却蕴含着丰富且深沉的忧郁神色。

"村里的女人都很能干啊。"千重子说，听起来像在转移话题。

"女人和男人一起干活，没什么好稀奇的。庄稼人都这样，卖菜的跟卖鱼的也是。"真砂子漫不经心地说，"你这样的千金小姐，才会见什么都要敬佩一番。"

"别看我这样，我也盘算过工作的事。你才是大小姐呢。"

"对，我才不要工作。"真砂子干脆地说。

"工作二字说起来简单，真想让你看看村里的姑娘是怎么劳作的。"千重子再次将视线投向山上的杉林，"已经到该整枝的时候了。"

"什么叫整枝？"

“为了让杉树长得好，用柴刀砍掉多余的树枝。听说，有时还要用梯子爬上树，再像猴子一样从这棵树的树梢荡到另一棵杉树上。”

“太危险啦！”

“有的人一大早就爬上去，吃午饭时才会下来。”

真砂子也抬头望了望山上的杉林，笔直耸立着的一排排树干美极了。保留在树梢顶端的茂盛叶片，很像某种精巧的手工艺品。

山不高，也不深。山顶上也是一样，一棵棵杉树整整齐齐地排成一列，仿佛一抬头就能看得清清楚楚。这些杉树是用来修建茶室的，因此，可以说，杉林的形态同样带有茶室的气质。

不过，清泷川两岸的山都很陡峭，坐落在狭窄的山谷里。据说，此地雨下得多，日照又少，这是能栽培出知名木材北山圆木的原因之一。有这地形，也用不着费心做防风工作。一旦遭遇强风，杉树好像会从枝干的内芯即娇嫩的新生组织处弯曲或倾斜。

村里的房子沿山脚下与河岸边排成一排。

千重子和真砂子一直走到小村庄的尽头，又折回来。

那里有一户打磨圆木的人家。妇女们拎起泡在水里的圆木，用菩提瀑布的沙子细心打磨。沙是深茶色的，像黏土一样。据说是从菩提瀑布的下游取来的。

"沙子要是用完了，该怎么办？"真砂子问。

"一下雨，沙子会再跟着瀑布一起落下来，堆积在下游。"一个年长的妇女答道。

这些人可真乐观，真砂子心想。

不过，正如千重子说的那样，妇女们确实都在勤勤恳恳地干手工活儿。圆木有五六寸粗，大概会用来做柱子。

把打磨好的圆木用水洗净，晾干，再用纸包好或捆上稻草，便可发货。

就连清泷川的石滩上，有些地方也种植着杉树。

看着整齐矗立在山上的杉树和屋檐前的一排排杉木，真砂子不禁回想起城里头古色古香的房屋前那一尘不染的红色格子门。

村子入口处有个叫菩提道的国营公交车站，往山上走，可能就是瀑布所在。

二人在车站乘上返家的汽车。真砂子沉默片刻，忽然说了一句："一个活生生的女孩子，要是也能像杉树那样得到栽培，挺拔地成长起来就好了。"

"……"

"可惜我们得不到那样的关爱和保养。"

千重子几乎要笑出声。

“真砂子，你在和谁交往吧？”

“嗯，约会来着，坐在加茂川岸边的草地上。”

“……”

“最近，木屋町上的游客多起来啦，街上会亮灯。不过，我俩总是背对行人，街上的人认不出我们。”

“今晚有安排吗？”

“也约了，七点半见，虽然那会儿天还不能完全黑。”

真砂子这样自由，千重子感到很羡慕。

千重子跟父母亲，三人正坐在里间即正对中庭的起居室里吃晚饭。

“今儿这竹叶卷寿司是岛村送来的，瓢正饭馆的，多吃点。我只做了个汤，别介意。”母亲对父亲说。

“哦。”

父亲最爱吃铺着鲷鱼的竹叶卷寿司。

“再说，咱家的大厨回来得有点晚。”母亲指的是千重子，“她又和真砂子去看北山的杉树了。”

“噢。”

伊万里瓷盘里堆满了竹叶卷寿司。剥开包成三角形的竹叶，饭团上盖着一片薄薄的鲷鱼片。汤里主要是豆皮，只配了少许香菇。

和临街的红色格子门一样，太吉郎的铺子里也保留着京都批发商的风格，可铺子如今已改成了公司，掌柜的跟学徒们成了公司职员，大部分人都改成家里店里两头跑，只有近江来的两三个学徒是住宿员工，住在临街那侧带虫笼窗的二楼上。吃晚饭时，里间这边很安静。

"千重子，你很喜欢到北山杉村玩嘛。"母亲说，"为什么？"

"因为那些杉树笔直地站着，特别优美。要是人们的心思也是那样的，该多好啊。"

"那不就跟你一样了吗？"母亲说。

"不，我的心思是弯曲或倾斜的……"

"说的也是。"父亲插了一句，"不管一个人有多正直，总会有各式各样的想法。"

"……"

"那不是挺好的吗。像北山杉一样的孩子是很可爱，可世上没这种孩子啊。就算有，早晚都要受骗上当挨一刀。你爸我呀，觉得树这东西弯也好斜也罢，能长大成材就行。瞧瞧咱家这小院里的老枫树。"

"对着千重子这样的好孩子，说的都是些什么。"母亲有些不悦。

"知道啦，我明白，千重子是个正直的孩子。"

千重子把脸转向中庭，沉默了片刻。

"那棵枫树多顽强啊，我没有那种精神。"千重子的话语中带着哀伤的情绪，"我顶多算枫树树干上那些小洞里的堇花。唉，这堇花，不知不觉间也都凋谢了。"

"是谢了。明年春天肯定还会开。"母亲说。

千重子低下头，目光停驻在枫树脚下那座吉利支丹石灯笼上。借着屋里的灯光，朽败的圣像虽模糊不清，却像在祈祷着什么。

"妈，我到底是在什么地方出生的？"

父母二人面面相觑。

"在祇园那棵樱花树下呀！"太吉郎干脆地说。

"生在祇园那棵樱花树下"，这话听着跟民间故事《竹取物语》里的辉夜姬似的。据说，辉夜姬就是住在竹筒里的。

正因如此，父亲才说得斩钉截铁。

要是真在樱花树下出生，或许我会像辉夜姬那样，被人迎入月宫呢，千重子心想。这想法有点幽默，不过，她没有说出口。

不管是被遗弃还是被偷抱走，千重子是在什么地方出生的，双亲并不知晓。或许，二人连她的生身父母是谁都不知道。

不该问这些不得体的话，千重子感到很后悔。但，还是不道歉为妙。那么，自己为何会突然抛出这个问题？连她自己也不明白。是不是因为她模模糊糊地记起了真砂子说的那句话？真砂子说，一个住在北山杉村的村姑，长得跟自己一模一样。

千重子感到视线无处落脚，便抬起头，仰望大枫树的树梢。是皓月中天的缘故还是繁华街上灯火映照所致呢？夜空亦泛起微微的白。

"天上已经有些夏天的意思了。"母亲阿繁也抬头看天，"我说，千重子，你是生在咱家的孩子。虽说不是我生的，可你就是生在这里的呀。"

"是啊。"千重子点点头。

正如千重子在清水寺对真一所言，自己不是阿繁夫妇从圆山公园的夜樱树下偷抱走的，而是被人扔在店门口。把她抱回屋的，是太吉郎。

这是二十年前的事。当时，太吉郎刚三十出头，花天酒地，相当会玩。妻子不会轻信丈夫的说辞。

"话倒是编得挺圆。这是把你跟艺伎生出来的孩子抱回家了吧？"

"胡说！"太吉郎满脸怒色，"好好看看孩子身上穿的衣裳！这是艺伎的孩子吗？啊？这能是艺伎的孩子吗？"说着，太吉郎把婴儿推给阿繁。

阿繁接过婴儿，把脸贴在婴儿冰冷的脸颊上。

"这孩子，你打算怎么办？"

"进屋慢慢商量，别傻站着。"

"刚出生没多久呢。"

不知道亲生父母是谁就不能收作养女，所以，上户口时，是按太吉郎夫妇的亲生闺女往上报的，取名千重子。

俗话说得好，抱养一个孩子就会带来一个亲生孩子。可是，阿繁没有怀过孩子。此后，作为太吉郎夫妇的独生女，千重子在抚育和宠爱中长大。随着岁月的流逝，太吉郎夫妇不再为这孩子究竟被谁所遗弃而烦恼。千重子的亲生父母是死是活，更是无从知晓。

晚饭过后，今天的家务活儿简单，把裹寿司的竹叶跟汤碗收拾停当就行。千重子一个人做的。

随后，千重子躲进二楼里间自己的寝室里，欣赏父亲带去嵯峨野尼姑庵的保罗·克利和马克·夏加尔的画集。睡着后没多久，她就被噩梦魇住，发出"啊！啊！"的惊叫声，醒了过来。

"千重子，千重子！"隔壁传来母亲的呼唤，千重子还没应声，隔扇门就被拉开了。

"做梦啦？"母亲走了进来，"是噩梦？"

她在千重子身边坐下，拉开她枕边的电灯。

千重子坐在铺盖上。

"哎呀，这么多汗。"母亲从千重子的梳妆台上拿了一条棉纱手绢，替她擦拭额头和胸口的汗珠。千重子任凭母亲擦拭着。这胸脯多么娇美，多么洁白啊！母亲暗自思忖。

"给，擦擦胳肢窝。"母亲把手绢递给千重子。

"谢谢妈。"

"做噩梦啦？"

"嗯。梦见自己从高处摔下来，嗖地一下，掉进一个绿得吓人的无底深渊。"

"这种梦，谁都做过。"母亲说，"总也掉不到底。"

"……"

"千重子，着凉了可不好，换件睡衣吧。"

千重子点点头，可胸口还没有平静下来，刚要起身，就觉得脚下有点踉跄。

"好啦，别动，妈给你拿去。"

千重子乖乖坐着，小心且麻利地更换了睡衣。正准备叠好换下的衣裳，母亲说："不用叠了，直接拿去洗吧。"

母亲把衣裳拿过来，扔到房间一角的落地挂衣架上，又坐回千重子的枕边："只是个梦罢了。千重子，你没发烧吧？"

说着，母亲把掌心贴在女儿的额头。不但不烧，反而一片冰凉。

"嗯，可能是跑到北山杉村去了，累着了吧。"

"……"

"表情怪茫然的。妈挪到你屋来，陪你睡。"说罢，母亲准备去搬铺盖。

"谢谢妈。我已经没事了，您放心睡吧。"

"真的？"母亲边说边钻进千重子的被窝。千重子挪了挪身子，让出块地方。

"千重子，你已经长成了大姑娘，妈再不能抱着你睡了。真是的，一起睡多有意思呀。"

然而，先一步安稳入睡的是母亲。千重子怕母亲肩膀着凉，用手摸了摸，把灯关上。她睡不着。

刚刚做的梦很长。千重子对母亲说的，只是梦的结尾。

起初，与其说那是梦，不如说是处于梦境与现实之间，她高兴地回想起今天同真砂子到村里去的情景。说来也怪，真砂子嘴里那位酷似她的姑娘浮现在她的记忆里，那个身姿，比站在村里看她更清晰。

接着，在梦的结尾，她掉进一个绿色深渊。那片绿，或许就是留驻在她心里的北山杉林。

鞍马寺举办的伐竹会是一种仪式，太吉郎喜欢，因为这仪式有男子气概。

这种仪式，太吉郎年轻时就看过很多次，并不觉得新奇。

不过，他想带女儿千重子去看看。再者说，因经费短缺，据说鞍马寺连十月的火祭都不打算办了。

太吉郎担心会下雨。伐竹会六月二十那天办，正赶在梅雨最旺的时候。

十九日那天，梅雨的势头还是挺强的。

"今天下成这样，明天说不定会停。"太吉郎时不时抬头看天。

"爸爸，这点雨，我不介意的。"

"话虽如此，"父亲说，"天气不好，总是叫人……"

二十日那天，雨仍旧下个不停，湿答答的。

"把窗户和柜门都关上吧。湿气很讨厌，和服料子会受潮。"太吉郎对店里的员工说。

"爸爸，不去鞍马寺了吗？"千重子问父亲。

"明年还会办，今年别去了。这么大的雾，鞍马寺也没什么可看的。"

为伐竹会出力的不是僧侣，主要是乡下人。他们被称作法师。十八号那天就得为祭典做准备。雄竹雌竹各四根，分别横捆在大殿左右的圆柱上，雄竹去根留叶，雌竹留根。

面朝大殿，左边的一队叫丹波座，右边一队叫近江座，自古以来便是如此称呼。

负责伐竹的族人身着代代相传的白绢法衣，脚蹬武士草鞋，系上挽起袖筒的襻带，腰间佩双刀，像武藏坊弁庆那样把五条袈裟缠在头上做头巾，腰后别着南天竹的竹叶，伐竹用的柴刀收在织锦口袋里，在开路人的带领下，向寺门进发。

下午一点前后。

身着十德装束的僧侣吹起海螺号，伐竹仪式开始。

两名童男面向宗派之长，齐声说道："伐竹神事，可喜可贺。"

随后，童男分别走向左右两队伐竹法师，各自夸赞。

"近江之竹，妙哉！"

"丹波之竹，妙哉！"

伐竹人先把绑在圆柱上的粗大雄竹砍下来，整理好。细长的雌竹维持原样，不砍。

童男报告管长，说："伐竹宗毕。"

僧侣们走进正殿，开始诵经。四周装饰着夏菊，以代替莲花。

宗派之长从祭坛上走下来，打开桧扇，上下扇动三遍。

伴随着"嘿哟"声，近江跟丹波两队的伐竹者各自把竹子砍成三截。

太吉郎本想让女儿看看这种伐竹仪式，可天在下雨，他有些犹豫。正在这时，秀男夹着一个小包裹，迈进格子门，说道：

"可算把小姐的腰带给织出来了。"

"腰带？……"太吉郎有点诧异，"给我女儿的腰带吗？"

秀男跪坐着向后挪了一步，双手扶地，行了一礼。

"是郁金香图案吧？"太吉郎随口问道。

"不，是您在嵯峨野的尼姑庵里画的图样。"秀男一脸认真，"我太幼稚了，当时那样待您，实在很没礼貌。"

太吉郎心里一惊："哪里，消遣之作，随便画画罢了。经你规劝，我才恍然大悟，该对你道声谢才是。"

"那条腰带，我织好带来了。"

"啊？"太吉郎大吃一惊，"我已经把那张画稿揉成一团，扔进你家旁边的小河里去了。"

"扔掉了？原来如此。"秀男冷静得像目中无人一般，"既然有幸见识过，它就印在我脑子里了。"

"很会做生意。"说着，太吉郎皱起眉头，"不过，秀男，扔进河里的画稿，你为什么要织它呢？嗯？为什么还要织它呢？"

太吉郎重复了好几遍，一股既非悲伤也非愤怒的情绪涌上心头。

"'这图案与人的心灵不搭调，既荒凉又病态'——秀男，这话不是你自己说的吗？"

"……"

"所以，出了你家，我就把画稿扔进了小河。"

"佐田先生，请您原谅我。"秀男又一次双手扶地表达歉意，"当时，我不得不织些索然无味的东西，累得很，心里很焦躁。"

"我也一样。嵯峨野的尼姑庵，要说环境清幽嘛也的确很清幽，可庵里只有老尼姑一个人。白天倒是雇了个老婆子来帮忙，可一到晚上，寂寞得不行。再说，我家的生意日渐惨淡，因此，你那番话倒也实在。我就是个批发商，不见得非要画画稿，画那种新奇的图案更加没必要。然而……"

"我也思考了很多事。自从在植物园遇见令爱，考虑得就更多了。"

"……"

"这腰带，您愿意瞧瞧吗？若不中意，当场用剪子把它剪碎就是了。"

"好。"太吉郎点点头，呼唤着女儿，"千重子！千重子！"

跟掌柜的并排坐在账房里的千重子站起身，走了过来。

一双浓眉，双唇紧闭，秀男看上去颇有自信。不过，解开包袱的双手却在微微颤抖。

像是很难对太吉郎做出说明一样，他挪动膝头，转向千重子。

"小姐，请看，这是令尊设计的图案。"说着，秀男将卷成一卷的丸带递给她，动作僵硬。

千重子稍稍展开腰带的一端。

"啊！爸爸，这是从克利的画集里得到的灵感吧？在嵯峨野那几天。"说着，她把腰带摊在膝头，"哎呀，真好看。"

太吉郎面色阴沉，一言不发。不过，对于秀男瞧一眼就能把自己设计的图案牢记在心这件事，他感到相当震惊。

"爸爸，"千重子带着一种天真无邪的欢快语调说话，"真是一条好腰带呀！"

"……"

随后，她摸了摸腰带的料子，对秀男说："织得很用心呢。"

"嗯。"秀男低着头。

"我能把腰带全展开，好好看看吗？"

"行。"秀男答道。

千重子站起身，在二人面前摊开腰带。她把手搭在父亲肩上，保持站姿，观赏起来。

"爸爸，您觉得怎么样？"

"……"

"很好看，对吧？"

"真的很好看吗？"

"好看。谢谢您，爸爸。"

"你再仔细瞧瞧？"

"图样很新颖啊！虽然也得看要搭配什么和服。不过，是一条好腰带呢。"

"是吗。嗯，既然你喜欢，就跟秀男道个谢吧。"

"秀男先生，谢谢。"千重子在父亲身后跪坐下来，给秀男低头行礼。

"千重子，"父亲唤她，"这条腰带协调吗？能与人的心灵达成一致吗？"

"嗯？协调？"千重子被问得措手不及，再次端详起腰带，"要说协调不协调嘛，得看穿的是什么衣服，以及是什么人在穿呢。不过，如今，有意破坏协调的衣裳好像也挺受欢迎的。"

"唔。"太吉郎点点头，"其实吧，千重子，秀男看这条腰带的画稿时就说过，说这图案不协调。所以，我把画稿扔到他家旁边那条小河里去了。"

"……"

"不过，看见秀男织好的腰带，我心想，这不是跟我扔掉的画稿一模一样吗？虽然颜料和彩线跟当初的色彩稍有不同。"

"佐田先生，很抱歉，请您原谅。"秀男双手扶地低头认错，

"小姐，我有个冒昧的请求，能不能请你把这条腰带在腰上比一比？"

"在这件上比？"千重子站起身，把腰带裹在腰上。她看上去格外光彩照人。太吉郎的表情柔和起来。

"小姐，这可是令尊的大作啊！"

秀男的眼中闪烁着光芒。

祇园祭

千重子提着大菜篮子走出店门，打算沿御池大街走，再往北转，去位于麸屋町的汤波半豆腐店。见比叡山和北山之间的天空一片火红，她在御池大街上停住脚，眺望了好一阵子。

夏季昼长，日落时分尚未到来，天色没有那么寂寞。璀璨燃烧的红霞笼住天空，蔓延开来。

"原来世间还有这种景致，头一回见。"

千重子拿出一面小镜子，照了照自己那张浮现在艳艳绮云下的脸。

"真叫人忘不了。这景色，一辈子也忘不了。人的情绪，真是随心而动呢。"

比叡山和北山或许也沾染上了这种颜色，呈现出一种深蓝色。

汤波半已准备好豆皮、牡丹豆皮和八幡卷。

"您来啦，小姐。赶上祇园祭，忙得要命，顾不过来，只给熟识的老主顾提供服务，请多多包涵。"

这家铺子向来只按订单准备东西。在京都，有些点心铺子也是这个做法。

"是为祇园祭准备的吧？长年光顾本店，非常感谢。"汤波半的女店员把做好的东西往千重子提的篮子里装，装了满满一篮子。

所谓"八幡卷"，就是像鳗鱼八幡卷一样，豆皮里卷着牛蒡。"牡丹豆皮"类似素什锦油豆腐，不过，豆皮里裹的是银杏。

汤波半是家有两百多年历史的老铺，换句话说，它也在"大火绵延不绝"中幸存了下来。有些地方已略做修整，比如，给小天窗装上了玻璃，像地暖火炕一般加热豆皮用的炉子则改用砖砌。

"从前都是烧炭，烧火时会扬灰，灰不就落在豆皮上了吗，所以，后来改烧木屑了。"

"……"

铜制大锅被隔成一格一格见方，液体表层微微凝固变硬时，伙计们便用竹筷灵巧地捞起豆皮，晾在上方的细竹竿上。

竹竿有高有低，不止一根。哪张豆皮晾干了，哪张就往上挪。

千重子走进作坊，往最里头走，手扶在古老的柱子上。每次同母亲一道来，母亲总要来回抚摸这根古老的顶梁柱。

"这是什么木？"千重子问。

"扁柏。树干很高吧？笔直笔直的。"

千重子也感受了一下这根柱子的古意，随后，走出店门。

返家途中，演练祇园囃子①的乐曲声越发嘹亮。

一些游客从远方赶来看热闹。或许，他们认为祇园祭只在七月十七这天有山矛花车巡行，因此，会尽量赶在十六日晚的宵山夜祭前抵达京都。

其实，祇园祭的祭祀活动贯穿整个七月。七月一日那天，各区域所划定的彩车大道上会分别举行"吉符入"仪式，开始奏乐。

童男童女乘坐的长刀花车每年都走在最前头，为巡行的队伍打头阵。其他花车的出行顺序则在七月二日或三日抽签决定，由市长举行抽签仪式。

彩车前一天就已搭建好，但七月十日的"清洗神轿"仪式或许才算得上祭典的开端。人们在鸭川的四条街大桥上清洗神

① 囃子指使用日本传统乐器在能乐、狂言、歌舞伎、长歌等多种表演艺术中为唱曲或跳舞的人做的伴奏曲目，也可以指伴奏者本人。

轿。名为"洗",其实,只是神官持杨桐蘸蘸水往神轿上洒一洒罢了。

十一日那天,童男童女参拜祇园社。坐长刀花车去。童男跨在马上,头戴立乌帽,身穿水干,由侍从陪同着,去接受五品官衔。五品以上就是"殿上人"了。

从前,神佛信仰不分家,因此,童男童女左右的小侍从曾被比喻为两尊菩萨——观音和势至,童男童女受封官衔也被比喻成童男童女与神举行婚礼。

"这种事好怪,我不干,我是男孩呀!"被打扮成童女时,水木真一这样说。

此外,童男童女要吃"特别灶"。即是说,端给他们的食物,要用与家人不同的炉灶来做,以示洁净。可是,这些规矩如今也省了,据说,用火镰跟打火石打火烧一烧童男童女的食物,意思一下就行。还有这样的传说——若家人不小心忘了这码事,童男童女会主动催促,说"打火,打火"。

总之,巡行活动不是一天就能完事的,童男童女也扮演得十分不易。他们必须在花车大道上挨家挨户登门拜访。祭典也好,童男童女的活动也罢,差不多要忙上一个月。

比起七月十七的花车巡行,京都人反倒更愿意品味十六那天宵山夜祭的意趣。

祇园会的日子快到了。

千重子家也把门口的格子门卸了下来，忙着准备过节。

千重子是京都姑娘，家里在四条大街附近做批发生意，又是八坂神社镇守范围内的居民，自然觉得每年例行举办的祇园祭没有什么特别之处。炎炎夏日中的城市祭典罢了。

最令人怀念的，是坐在长刀花车上的一副童女模样的真一。每逢祭典到来或听到祇园囃子的旋律、看见许多明亮的灯笼围拢住的花车，就会想起那副模样。当时，真一和千重子都是七八岁。

"那孩子太漂亮了，女孩子里头都没见过那么好看的呀。"

真一去祇园社接受五品少将的官衔时，千重子跟着去了。花车巡行，她也跟着转悠。童女打扮的真一带着两个小侍从，到千重子家的铺子里来打招呼。

"千重子，千重子！"真一如此呼唤千重子时，千重子满脸通红，凝望着真一。真一化着妆，还涂了口红，千重子却是一副被晒黑的小脸蛋。当时，装在红色格子窗下方的折叠长凳被拉开放平，千重子身穿浴衣，系条红色扎染三尺腰带，正跟邻居的孩子们一起放线香花火。

在奏乐声中，在花车的灯光下，真一那副童女打扮的模样仍历历在目。

"千重子，你不去瞧瞧宵山？"晚饭后，母亲问千重子。

"妈，您呢？"

"妈有客人，走不开。"

一出家门，千重子便加快了脚步。四条大街上人山人海，几乎挪不了几步。

不过，千重子知道四条大街上什么地方有什么花车，哪条胡同里又有哪种，就大致都逛了一遍。街上果然热闹非凡，各式花车上的乐曲声亦频频入耳。

千重子走到"御旅所"①前求了一根蜡烛，点燃它，供在神前。祭典期间，八坂神社供奉的神体也会被请到御旅所来。御旅所坐落在新京极大街往南，朝四条大街拐的那条路上。

御旅所前，千重子看见一个姑娘似乎正在做七次参拜。只看到背影，但她在干什么，一望即知。所谓七次参拜，就是从御旅所供奉的神体前走开，走一段再折回来，合掌参拜，如此反复七次。参拜期间，就算遇见熟人，也不能开口说话。

"咦？"千重子觉得这位姑娘有些面熟。像被她影响了似的，千重子也开始做七次参拜。

姑娘朝西走，再折回御旅所。千重子则相反，朝东走，再折回来。不过，那位姑娘比千重子更虔诚，参拜的时间也更长。

---

① 神幸祭巡行途中，放置着神体的神轿会停下来休息，相关人员也可能会在某处投宿过夜。这样的"神轿暂停处"，就叫作御旅所。

姑娘好像已经做完了。千重子不像她那样走得那么远，所以，二人差不多同时参拜完毕。

姑娘死死地盯着千重子看。

"你许了什么愿？"千重子问。

"你都看见了？"姑娘的声音在颤抖，"我想知道姐姐的下落……你就是我姐姐！是神灵让咱们见面的！"姑娘眼中噙满泪水。

没错，她就是北山杉村里那位姑娘。

御旅所悬挂的献纳灯笼以及参拜者供奉的蜡烛很亮，神前一片通明。可是，姑娘双眼含泪，并没有注意到这一点。灯火灼烁，映照在姑娘身上。

千重子拼命抑制住翻涌的情感。

"我是独生女，没有姐姐，也没有妹妹！"话虽如此说，千重子的脸色却是一片苍白。

北山杉村的姑娘抽泣着，说道："我明白了。小姐，对不起，请你原谅。"她反复道歉，"很小的时候，我就很想念姐姐，老是想她，以至于把千金小姐错认成了她。"

"……"

"据说我们是双胞胎，但谁是姐姐谁是妹妹，我不知道。"

"只是偶然长得像她吧？"

姑娘点点头，泪珠从脸颊上滚落下来。她拿出手绢，边擦眼泪边说："小姐，你是在什么地方出生的？"

"附近的批发商一条街。"

"是吗。刚才，你和神求了什么？"

"祈愿父母幸福安康。"

"……"

"你父亲呢？"千重子问道。

"很久以前，他爬上北山杉去整枝，从这棵树荡到另一棵树时不小心摔了下来，伤在了致命的地方。村里人是这么说的。那时我刚出生，什么都不知道。"

千重子心头一阵刺痛。

自己愿意频繁地往村子里跑，又喜欢仰望山上那美丽的杉林，说不定就是受了父亲的灵魂召唤。

另外，这位山村姑娘说自己与她是双胞胎。难道说，生身父亲是因为遗弃了其中一个孩子即千重子，在杉树树梢上还记挂着这件事，因此不慎跌落？肯定是这样。

千重子的额头渗出冷汗。四条大街上的拥挤人群和脚下的足音也好，祇园囃子的乐曲声也罢，仿佛都已渐渐远去，眼前一片黑暗。

山村姑娘把手搭在千重子肩上，用手绢拭去千重子额头的汗珠。

"谢谢。"千重子接过手绢，擦了擦脸。她并没有察觉到自己顺手将手绢掖到了怀里。

"你母亲呢？"千重子小声问。

"母亲也……"姑娘哽咽了，"我好像是在母亲的故乡出生的，那地方比现在的杉树村还远。不过，母亲也……"

千重子没有再追问下去。

这位北山杉村里来的姑娘在流泪，流的当然是喜悦的泪水。眼泪一止，脸上顿时神采飞扬。

相比之下，千重子却是用力踩踏在地面上才能站稳的状态，双腿发颤，心烦意乱。她无法立刻控制住眼前的事态。支撑着她的，似乎只有这姑娘身上那真真切切实实在在的美。千重子没有像这姑娘一样直率地表现出喜悦之情，她的眼睛里潜藏着深深的忧伤。

从今往后，该怎么办才好呢？她没了主意。

这时，姑娘喊了一声"小姐"，向她伸出右手。千重子握住她的手。这只手长满厚茧，皮肤粗糙，与千重子那双柔嫩的玉手截然不同。然而，姑娘对此好像并不介意，她紧紧握住千重子的手，说道："小姐，再见！"

"咦？"

"啊，真高兴啊！"

"你叫什么名字？"

"苗子。"

"苗子？我叫千重子。"

"我在给人当雇工。那村子很小，和人打听一下，马上就能找到我。"

千重子点了点头。

"小姐，你过得很幸福呢。"

"是。"

"今晚咱俩见过面的事，我不会告诉任何人。我发誓。知情的，只有这祇园的御旅所。"

就算真是孪生姐妹，彼此的身份还是太过悬殊，或许，苗子已经领悟到了这一点。想到这里，千重子无话可说。然而，被遗弃的那个，难道不是自己吗？

"再见，小姐。"苗子又说了一次，"趁别人还没发现……"

千重子心中闷闷不乐。

"我家的铺子就在附近。苗子，跟我走一趟吧，哪怕只是打店门路过。"

苗子摇了摇头。

"你家……都住着什么样的人呢？"

"家人吗？只有父母两个人。"

"不知为什么，我有种感觉，觉得你是在父母的宠爱中长大的。"

千重子拉了拉苗子的袖子："咱们最好不要在这里站太久。"

"说得对。"

于是，苗子转身面向御旅所，恭恭敬敬地参拜。千重子连忙跟着苗子一起做了参拜。

"再见！"苗子第三次和她道别。

"再见！"千重子也说了一声。

"我有许多话想跟你说，有机会的话，到村子里来吧。躲在杉林里，谁也看不见咱俩。"

"谢谢。"

然而，不知为何，二人均面向四条大桥的方向混进拥挤的人群里，向前走去。

八坂神社镇守范围内有很多居民。宵山夜祭和十七日的山矛花车巡行已经结束，别的活动仍然在继续。生意人会敞开店铺大门，用屏风等物装点门口。从前，有的人家会陈列早期浮世绘、狩野派画家的画作、大和绘即本土民族绘画，以及俵屋宗达画的六曲一双屏风。

亲笔描画的原版浮世绘里也包含南蛮屏风。画面以雅致的京都风俗为背景，描绘外国人的活动情形。即是说，表现的是京都工商业者和手艺人的旺盛活力。

如今，这些活力仍展现在花车上。换句话说，就是用舶来品来装饰花车，即中国唐织锦、法国哥白林手工编织挂毯、毛织品、织金锦缎、缀织缂丝等。安土桃山时期的格调，大气华丽的风范中亦带有与外国通商所具有的异国之美。

花车内部风格相同，装饰着当时家喻户晓的画家所画之作品。花车上的长矛像立柱似的，据说，长矛顶端象征朱印船的桅杆。

祇园囃子的乐曲声听起来节拍单调，实际上有二十六种变化。大家都说它像壬生狂言的伴奏乐曲，也和雅乐的伴奏方式有点像。

宵山夜祭上，成排的提灯装点着花车，奏乐声更加高昂。

四条大桥以东的区域没有花车，但直到八坂神社，这段路上仍然非常热闹。

快到大桥时，千重子被人流推来搡去，稍稍落在苗子的后头。

苗子说了三次"再见"，可千重子无法做出抉择——是就此与她分别，还是走过自家的"丸太"店铺门前再告别，抑或走到家附近就指给她看自己住在哪里之后再分开呢？她似乎对苗子产生了一股温暖的亲切感。

"小姐，千重子小姐！"

刚要走过大桥，忽然听见有人呼唤苗子。走近她身边的人是秀男，他把苗子误认成了千重子。

"您来逛宵山祭啦。一个人吗？"

苗子犹豫了一下。不过，她没有回头看千重子。

千重子立刻躲进人群里。

"啊，天气真好。"秀男对苗子说，"明天大概也是个好天儿，星星这么亮。"

苗子抬头看天。她不知该如何回答。苗子当然不可能认识秀男。

"前些日子，我对令尊的态度实在太没礼貌。那条腰带，您还满意吗？"秀男对苗子说。

"嗯。"

"令尊后来没有再生气吧？"

"嗯？"苗子对此毫无头绪，无法回答。

即便如此，苗子也没有回头朝千重子望去。

苗子很困惑。她想，若千重子愿意见这青年，她自然会主动走过来。

这青年脑袋挺大，肩膀很宽，眼睛直勾勾的，但在苗子看来，他绝非坏人。从聊起腰带的事来看，应该是西阵的织匠。可能因长年累月坐在高机前织布，体形多少有点特殊。

"我一个毛头小子，竟对着令尊的图案品头论足。不过，那晚我一宵没睡，使劲琢磨，终于把它织出来了。"秀男说。

"……"

"哪怕系一次也行。您用了吗？"

"嗯。"苗子含含糊糊地回答。

"感觉怎么样？"

尽管桥上没有街上那么明亮，且拥挤的人群堵住了他俩的去路，苗子依然觉得纳闷，不明白秀男为什么会认错人。

一对孪生姐妹，若生长在同一个家庭里，接受同样的教育，可能很难分清谁是谁。可是，千重子和苗子过着截然不同的生活，在截然不同的环境中成长。苗子心想，这位青年说不定是个近视眼。

"千重子小姐，请允许我照自己的构思为您精心织一条吧！仅此一条，作为二十岁的一个纪念，好吗？"

"哦，谢谢。"苗子说得磕磕巴巴。

"没想到能在这宵山夜祭上碰面。回头织起腰带，没准会有如神助呢。"

"……"

千重子不愿意让这青年知道她俩是孪生姐妹，因此，不走到自己和这青年身边来。苗子只能如此作想。

"再见。"苗子对秀男说。

秀男有点意外，但还是说："嗯，再见。请允许我为您织腰带，好吗？会赶在枫叶正红时完成的。"

又确认了一次后，秀男走开了。

苗子扫视着人群，寻找千重子，却没找着。

对苗子而言，刚才那青年也好，腰带的话题也罢，都无关
紧要。能在御旅所前与千重子相逢，只有这件事像神灵赐福一
样，令人感到高兴。苗子抓住桥上的栏杆，凝望着映照在水面
上的灯火，站了好一会儿。

随后，苗子沿着桥的一侧漫步，打算走到四条大街尽头的
八坂神社。

约莫走到大桥中央时，苗子突然发现千重子和两个男青年
正站着说话。

"啊！"

苗子小声咕哝了一句，但她没有走向那边。

她似看非看，无意识地瞧着那三人。

苗子同秀男站在那里，究竟聊了些什么呢，千重子琢磨
着。很显然，秀男将苗子误认作了千重子。苗子又是怎样应对
秀男的呢？想必，她一定很为难吧？

若能走到他俩身边就好了。但是，她没法去。不仅如此，
当秀男冲着苗子喊"千重子小姐"时，她还迅速躲到人群中
去了。

这是为什么呢？

在御旅所前面遇见苗子，较之苗子，千重子内心泛起的波澜远比苗子强烈得多。苗子说，她早就知道自己是双胞胎，一直在寻找自己的孪生姐妹。但是，千重子做梦也没有想到，自己并非独生女。事态过于唐突，因此，她无法像苗子找到千重子后那样充满喜悦，她没有那个闲心。

再说，如今，听苗子这么一说，千重子第一次了解到生身父母的情况——生父从杉树上摔落而死，生母也早已离开人世。这消息使人心痛。

迄今为止，耳闻邻居的闲言碎语，只对自己是弃儿这件事有了意识。可是，扔掉自己的父母身在何方，又是何许人也，她尽量不去想。即使想了，也想不出什么所以然。何况，太吉郎和阿繁那样爱护自己，因此，没有必要去想。

在今天的宵山夜祭典上听到苗子的这番话，于千重子而言，未必是幸事。但是，对苗子这位孪生姐妹，千重子心里似乎生发出了一股温暖的爱意。

"看上去，她心地比我纯洁，又能干活，身体也壮实。"千重子喃喃自语，"有朝一日，说不定我还要寻求你的帮助呢。"

如此这般，她茫然地走过四条大桥。

"千重子！千重子！"真一喊她，"怎么一个人在散步啊，还一脸茫然。你的脸色也不太好。"

"哦，是真一啊。"千重子仿佛猛地清醒过来似的，"你小时候扮成童女坐在长矛花车上，样子多可爱呀！"

"当时可受罪啦。不过，现在想想，倒也叫人怀念。"

真一身边有个同伴。

"这是我哥，在读研究生。"

真一的哥哥长得很像真一，不过，朝千重子点头打招呼的态度十分粗线条。

"真一小时候胆子小，性格可爱，长得像女孩子一样漂亮，还被选去扮童女，怪傻的。"说罢，哥哥放声大笑起来。

他们一直走到大桥中央，千重子瞧了瞧真一的哥哥那张富有男子气概的脸。

"千重子，今晚你脸色苍白，看着好像心里特别悲伤呢。"真一说。

"可能是站在大桥正中央，光照的吧？"说着，千重子稳住脚下，"再说，宵山夜祭上人这么多，大家都高高兴兴的，一个姑娘显得有些悲伤，也没什么大不了的嘛。"

"那可不行。"真一把千重子推向桥的栏杆，"稍微靠一会儿吧。"

"谢谢。"

"河风倒也不大。"

千重子把手搭在额头，眼睛半睁半闭，问道："真一，你扮童女坐花车时，是几岁来着？"

"我想想啊，照理说，应该是七岁吧。要上小学的前一年。"

千重子点点，没有作声。她想擦拭额头和脖颈上渗出的冷汗，刚把手伸进怀里，就摸到了苗子的手绢。

"啊！"

手绢被苗子的泪水打湿了。千重子攥着手绢犹豫着，不知道该不该拿出来。她掌心把手绢揉成团，拿出来擦了擦额头。眼泪快要夺眶而出了。

真一显出诧异的神色。他了解千重子，照她的性格，她绝不会把手绢揉成皱巴巴的一团再塞进怀里。

"千重子，热不热？还是觉得发冷？夏天得感冒，可就难好了。早点回去吧，我们送你。要的吧，哥？"

真一的哥哥点了点头。他一直目不转睛地望着千重子。

"我家很近，不用送。"

"正因为近，更要送了。"真一的哥哥讲话干脆。

三个人自大桥中央掉头往回走。

"真一，你扮童女坐在花车上巡行时，我在后面跟着你走，这件事，你知道吗？"千重子问。

"记得，我记得。"真一答道。

"那时我还小。"

"是很小。童女嘛，东张西望是很不像样的，不过，我能感觉到有个小女孩紧跟着花车一路向前走。我心想，这么走，一定累得够呛吧，被人群推着向前。"

"我已经变不回那么小了。"

"瞧你说的。"真一轻轻躲过她的话茬儿，心里却在犯嘀咕——今儿个晚上，千重子这是怎么啦？

两兄弟把千重子送到她家的店门前。随后，真一的哥哥郑重地同千重子的父母寒暄了一番，真一则在哥哥身后等候着。

太吉郎在里间客厅同一位客人对饮祭神酒。其实也谈不上喝酒二字，不过是陪陪客人罢了。阿繁忙上忙下，时不时伺候酒菜。

"我回来了。"千重子说。

"回来啦，还挺早的。"说着，阿繁瞅了瞅女儿的神情。

千重子礼数周全地与客人打过招呼后，对母亲说："妈，我回来晚了，没能帮上您的忙。"

"没事，不要紧。"母亲阿繁朝千重子轻轻递了个眼色。借口要温酒，二人一同走向厨房。

"千重子，是不是因为你看起来很沮丧，人家才送你回来的？"

"嗯。是真一和他哥哥送我回来的。"

"怪不得。脸色不好，走路也晃晃悠悠的。"阿繁伸手摸了摸千重子的额头，"烧倒是没烧，就是表情一脸哀愁。今晚家里有客，你跟妈一起睡吧。"说罢，母亲轻轻搂住千重子的肩膀。

千重子抑制住即将夺眶而出的泪珠。

"你先到后面楼上歇着去吧。"

"好，谢谢妈。"母亲的慈爱，使得千重子的内心安定下来。

"你爹他呀，也挺寂寞的，客人少嘛。虽然吃晚饭时家里能有五六个人。"

然而，千重子还是端着长把铫子酒壶过去送了酒。

"已经跟府上讨了不少酒喝了。这壶喝完，就打住吧。"

千重子给客人斟酒，右手却颤抖不已，因此，她用左手托住酒壶。尽管如此，手还是微微发颤。

今晚，中庭里那座吉利支丹石灯笼也点亮了。老枫树树干上的两个小洞里，两株紫色堇花亦隐约可见。

花朵已经凋谢。但是，上下两棵堇花植株或许就是千重子与苗子的化身？两株紫色堇花看似从未谋面，可是，今晚不是见到了吗。千重子在微弱的灯光下注视着这两株紫色堇花，泪水再次盈满眼眶。

太吉郎也觉察到了千重子有些不对劲，时不时瞥她一眼。

千重子静静站起身，上到二楼里间。平时睡觉的屋子里，客人用的铺盖已经备好了。千重子从壁橱里取出自己的枕头，钻进被窝。

为了不使旁人听到自己的呜咽声，她把脸伏进枕头里，双手抓住枕头的两端。

阿繁走上楼，见千重子的枕头似乎已被泪水濡湿，就给她拿了一个新的，说了句"来，换上。我一会儿就来"，立刻转身下了楼。走到楼梯口，稍稍停住脚步，回头望了望，但什么也没说。

二楼不是不能铺三床铺盖，却只铺了两个。并且，其中一个是千重子的。看样子，母亲打算和千重子睡一个铺盖。

不过，麻料睡衣有两件，是母亲和千重子的，都叠得整整齐齐，放在被褥的一角。

阿繁给女儿铺好被褥，却没有铺自己的。这算不上什么了不起的大事，千重子却感受到了母亲的一番苦心。

于是，千重子止住眼泪，心情也平静下来。

"我是这家的孩子。"

毫无疑问，千重子是在遇见苗子后才突然感到心烦意乱，无法控制住情绪。

她起身来到梳妆台前照了照。本想化个妆掩饰一下，想想，还是作罢，只拿出香水瓶来，在被褥上洒了几滴，又把腰上的伊达卷重新系紧。

当然，她不可能轻易就入睡。

"我是不是对苗子姑娘太薄情了？"

一闭上眼，脑中立刻浮现出中川村里那片美丽的杉林。

从苗子的叙述中，千重子大致了解到了生身父母的情况。

"向现在的父母坦白此事为好，还是不说出来好呢？"

恐怕，拥有这家铺子的父亲与母亲，都不了解千重子在什么地方出生、生身父母又是何许人也吧。

"他们已经不在人世间……"心头依然惦记这件事，然而，千重子不再流泪了。

街上传来祇园囃子的乐曲声。

楼下的客人好像来自近江长滨一带，是缩缅布料批发商。人已有醉意，说话嗓门也提高了，声音甚至断断续续地传到千重子躺着的二楼里间。

客人似乎很坚持这一说法：如今的花车队伍是为"观光"而行走——发自四条大街，穿过宽阔的现代化街道河原大街，朝疏散道路御池大街上一拐，连市政府门前都设置了观看座椅。

从前，花车队伍走具有京都特色的窄路。有些人家多多少少会被花车磕碰坏什么，不过，那是一种情趣。据说，还能从二楼收到花车上送出的粽子。现在，则是送出除厄茅卷幸运符。

好歹能在四条大街上看到花车的全貌，一拐进窄路，花车的下半部分就难以窥见了。这倒也好。

太吉郎心平气和地解释着，说花车走在宽阔的大街上容易看到全貌，这样岂不更精彩。

千重子躺在被窝里，仿佛依然能够听到花车那大大的木制车轮在十字路口转向时发出的声音。

看样子，今晚，客人会在隔壁房间里留宿。千重子打算明天再把从苗子那儿听来的一切告诉父母亲。

据说，北山杉村里的村民都是个体户。不过，并不是所有人家都能有山有地。这种人并不多。千重子心想，自己的生身父母大概是给拥有林地的人家当雇工吧。

"我在给人当雇工"。苗子本人也说过。

二十年前，或许，父母除了认为生下双胞胎使人尴尬，还听过双胞胎难养之类的话，又考虑到生计问题，这才把千重子扔掉。

千重子有三个问题没有问苗子。其一，被抛弃时，千重子还是个婴儿。那么，为什么被抛弃的是她而不是苗子？其二，苗子说过，父亲是在她"刚出生时"死的。可是，到底是什么时候从杉树上摔下来的呢？第三，苗子还说过，她"好像是在母亲的故乡出生的，那地方比现在的杉树村还远"。那里又是什么地方？

苗子似乎认为自己同被抛弃的千重子已经"身份悬殊"，因而，她决计不会主动来探望千重子。若想与她说话，只能由千重子采取主动，到她工作的地方去找她。

但是，看样子，千重子无法瞒着父母偷偷去找她。

千重子曾多次阅读大佛次郎的名作《京都的诱惑》。

"被做成北山圆木的杉林枝梢苍翠，层层叠叠，如层云一般。山脉本身则被一排排枝干纤细线条清晰的赤松所占据，送出林木们的歌声，如同奏响乐章。"这样一段文字，浮现在了千重子的脑海里。

比起祇园囃子的曲目和节日的喧嚣，还是连绵不断的群山奏出的乐曲和林木的歌声更能打动千重子的心，仿佛可以透过经常出现在北山上空的彩虹，聆听到那些乐曲与歌声。

千重子的悲伤逐渐消退。或许那本来就不是悲伤，而是忽然同苗子邂逅所产生的惊讶、困惑与苦恼。莫非，女孩子生来就是要落泪的吗。

千重子翻了个身，闭上眼，静静地听着山歌。

"苗子分明那样高兴，我这算怎么回事呢？"

不久后，客人和双亲都上到二楼里间来了。

"请好好歇息。"父亲跟客人客套着。

母亲把客人脱下的衣服叠好，走到这边房间里，刚要叠父亲脱下的衣服，千重子说："妈，我来叠。"

"还没睡呢？"母亲让千重子去叠，自己躺下了。

"香水真好闻！到底是年轻人呐。"母亲爽朗地说。

大概因喝了酒，很快地，近江的客人就在隔扇那边打起鼾来。

"阿繁，"太吉郎喊了一声睡在旁边铺盖上的妻子，"看样子，有田想把他儿子送到咱家来，你说是不是？"

"当店员？还是当员工？"

"当上门女婿呗，让千重子——"

"说什么呢！千重子可还没睡着呐。"阿繁打断丈夫的话头。

"知道。让千重子听听也好嘛。"

"……"

"秀男是老二，来过咱家好几次了，给他交代活儿干时。"

"我不太喜欢那位有田先生。"阿繁把声音压低，语气却异常坚决。

杉林发出的乐声消失在千重子的耳畔。

"是吧，千重子？"母亲翻了个身，面向千重子。千重子睁开眼，却没有回答，沉默了好一会儿，双足的足尖交叠在一起，一动也不动。

"有田大概很想要咱家这间铺子，我是这么认为的。他很清楚，千重子既漂亮又贤惠。咱们跟他有生意来往，他自然很清楚店里的财务情况。有些店员也是，什么都往外说，对吧？"

"……"

"不管千重子长得有多漂亮，我也没想过要拿她的婚姻去做买卖。是吧，阿繁？要是那样，就太对不起神灵啦。"

"那当然。"阿繁说。

"我这性格，就不适合做买卖。"

"爸爸，我不该让您把保罗·克利的画集之流带到嵯峨野的尼姑庵去。请原谅。"千重子爬起来，向父亲道歉。

"说什么呢，那是爸爸的乐趣，也能安抚人心。事到如今，我才感受到生活的意义。"父亲也微微低下头，"虽然我没有画出那种图案的才能。"

"爸！"

"千重子，要是把这间铺子卖了，全家搬到西阵去，再不然就搬到安静的南禅寺或冈崎一带，找间小房子住下，咱们一起设计用在着尺跟腰带上的图案，你觉得怎么样？日子会清贫些，能忍受吗？"

"过穷日子也没什么，我一点都不在意。"

"是吗？"父亲只应了两个字，很快就睡着了。千重子却难以入眠。

翌日清晨，她早早睁开眼，清扫店门前的街道，擦拭格子门窗和折叠长凳。祇园祭仍在进行。

十八日的后祭花车仪式，二十三日的后祭宵山夜祭、屏风祭，二十四日的山矛花车巡行，此后还有祭神仪式上的狂言表演，二十八日的清洗神轿仪式，再往后，回到八坂神社，于二十九日举行奉告祭，向神灵汇报祭神仪式至此结束。

数辆花车行走在寺町大道上。

名目繁多的活动叫人难以安心，整整一个月，千重子几乎都在为过节而奔忙。

秋之色

保留至今的、沿堀川行驶的北野线电车——明治维新"文明开化"的遗风之一，终于要被拆除了。这是日本最古老的电车。

众所周知，这座具有千年历史的古都在引进种种西洋新玩意儿上向来很迅速。京都人身上或许也具有这一特性。

不过，这种老朽的"叮叮电车"至今仍在使用，或许就是"古都"之韵吧。不用说，车身很小。乘客面对面坐着，中间窄得几乎膝盖碰膝盖。

然而，一旦要拆除，人们又依依不舍。或许出于这种心情，人们用假花装饰它，使之成为"花电车"，再让照着明治年代服饰风格打扮的人坐上去，向市民们广泛展示其特色。这也算一种"节日典礼"吧。

接连几天，人们有事没事都想上车，古老的电车里便日日挤满了人。正值七月，有人甚至撑着阳伞。

京都的夏天，日照比东京强烈得多。不过，现在的东京已经看不见打着阳伞走路的人了。

在"京都站"的站牌前，太吉郎刚要乘上这辆花电车，一个中年妇女故意躲在他身后，像是在强忍笑意。太吉郎嘛，倒也算是个有明治气质的人。

上车后，太吉郎才察觉到女人是谁。他的语气有些尴尬。

"笑什么呢。你没有明治风范，怎么上来的？"

"我很接近明治，不是吗。再说，我家就在北野线上。"

"是吗，倒也是。"太吉郎说。

"'倒也是'，瞧瞧这话，可真薄情。总算想起来了？"

"带了个可爱的孩子出门嘛。藏在哪里养大的？"

"你这老呆瓜。你明明知道这不是我的孩子。"

"那可不好说，女人神秘着呢。"

"瞧你说的！男人才是呢，不可捉摸。"

女人带着的姑娘皮肤白皙，十分可爱，十四五岁，一身浴衣，系一条红色窄腰带。姑娘一脸腼腆，好像在躲着太吉郎。她紧挨着女人坐下，抿着嘴。

太吉郎轻轻拽了拽女人的衣袖。

"小千，坐到中间来。"女人说。

三人均未开口，沉默了一阵子。女人在姑娘的头顶贴近太吉郎，在他耳边低语。

"我正琢磨着让这孩子去祇园当舞女呢。"

"她是谁家的孩子？"

"附近茶馆家的。"

"哦。"

"有人说，这是你跟我的孩子。"女人用似有若无的音量嘟哝着。

"胡说八道。"

这女子是上七轩茶馆的老板娘。

"干脆连北野天满宫也一起逛了吧，既然被这孩子勾住了魂儿。"

太吉郎明白老板娘是在开玩笑，但还是问这少女："你多大了？"

"刚上初中。"

"哦。"太吉郎望着少女说，"到了那个世界，转世投胎后再来找你吧。"

到底是烟花巷里长大的孩子，她好像无师自通般听懂了太吉郎这番微妙的话语。

"我为什么非要因为这孩子跑一趟天满宫呢。莫非她是天神的化身？"太吉郎逗弄老板娘。

"没错，她就是。"

"天神是男人呀。"

"天神转世投胎，已经是女人啦。"老板娘一脸淡定，"要是个男的，又要遭受流放之苦了。"

太吉郎差点笑出声。

"是女人？"

"是女人嘛……唔，若是女人，就能得个如意郎君，有人疼啊。"

"哦。"

姑娘美貌惊人，这是毫无争议的事实。她留着河童头，发丝乌黑柔亮。好看的双眼皮美得不像话。

"独生女？"太吉郎问。

"不是，有两个姐姐。大姐明年春天初中毕业，可能会出来见人。"

"长得也像这孩子这么好看吗？"

"像是像，但没有这孩子这么标致。"

"……"

眼下，上七轩茶室里一个舞女也没有。就算要当舞女，也得等中学毕业以后，否则，是不允许的。

之所以叫"上七轩"，可能是因为地方从前只有七间茶室。

太吉郎听人说过，说茶室现已增加到了二十间。

以前——倒也谈不上很久远——太吉郎和西阵一带的纺织商或地方上的主顾常到上七轩来寻花问柳。那时遇见的一些女子，不由得又在他脑海里浮现出来。那阵子，太吉郎铺子买卖十分兴隆。

"老板娘，你还真是好奇心重，这种电车也要来坐。"太吉郎说。

"做人嘛，要懂得顾念旧情。这很重要。"老板娘说，"干我们这行的，不会忘记从前的老顾客。"

"……"

"再说，今儿出门，是因为要送客人到车站。坐这趟电车回去纯属顺路。倒是佐田你，一个人来坐电车才叫奇怪呢，不是吗？"

"倒也是。怎么说呢，本想瞧一眼这花电车就回去的。"太吉郎歪着脑袋说，"不知道是怀念过去，还是觉得现在有点寂寞？"

"'寂寞'……你还没到说这话的年纪呢。一起回店里吧，看看年轻姑娘也好。"

太吉郎心想，自己要被带到上七轩去了。

老板娘一路直行，走到北野神社的神前。太吉郎紧随其后。

她拜得很认真，时间也很长。姑娘也低头行礼。

"该放小千回去啦。"折回太吉郎身边后，老板娘说。

"是啊。"

"小千，你回去吧。"

"谢谢。"姑娘与二人道别。她渐行渐远，步伐也越来越像个中学生。

"你好像很喜欢那孩子啊。"老板娘说，"再过两三年，就可以出来当舞女了，敬请期待。成熟得快着呢，因为漂亮嘛。"

太吉郎没有应声。他在想，来都来了，何不在神社这宽阔的庭院里转转？可是，天气实在太热。

"到你那边歇歇去？我累了。"

"好呀。从一开始，我就打算请你来。你都好久没来了。"老板娘说。

一到这家老茶馆，老板娘再次郑重其事地寒暄了一番。

"欢迎光临，一向可好？我们时常聊起你呐。躺下歇歇吧，给你拿枕头来。哦，刚才说'寂寞'来着？给你找个乖巧的，陪你聊聊。"

"以前见过的那些，我可不要啊。"

太吉郎正打算打个盹儿，一个年轻的艺伎走了进来，静静地坐了一会。估计是在想，这是张生面孔，很难待候。太吉郎心不在焉，似乎半点说话的兴致也没有。大概是想要为客人加

128

油打气，她开口说，自打出来当艺伎，两年之内，已经喜欢上了四十七个男人。

"岂不刚好凑齐赤穗义士①？里头还有四五十岁的人呢。现在想想，我可真怪，那不就是单相思嘛。人家都笑话我。"

太吉郎猛地睁开眼，问道："现在呢？"

"现在就爱一个。"

这时，老板娘进来了。

太吉郎心想，这位艺伎也就二十上下，尽管年轻，可她并未与这些男人深交，她果真能记住"四十七"这数字？

她还说，当上艺伎的第三天，她领一个怎么也喜欢不来的客人到盥洗室去，突然被他强行一吻，她就咬了他的舌头。

"出血了吗？"

"嗯，当然出了呀。客人嚷嚷着，说让赔偿医药费，相当生气。我哭了，事情闹了好一阵子。不过，是对方先招惹我的呀，对不对？就连那人的名字，我都忘得一干二净了。"

"唔。"太吉郎瞧了瞧艺伎的脸，心想，当时她十八九岁，

---

① 元禄十四年阴历三月十四日（1701 年 4 月 21 日），赤穗藩主浅野长矩与同僚吉良义央发生龃龉，二人大打出手，此事激怒第五代将军德川纲吉。事后，浅野长矩落得剖腹自尽的结果，吉良义央却未受惩罚。以大石内藏助为首，浅野家家臣集结了四十七名武士，于 1703 年 1 月 30 日攻入吉良义央的宅邸并取其首级，为主君报仇。幕府下令处置这些武士，强迫他们剖腹自杀，遗体和主君日后同葬于泉岳寺，史称"元禄赤穗事件"。

这位娇小的、溜肩膀的、气质柔顺的京都美人，竟会突然狠狠咬住他人的舌头？

"让我看看你的牙齿。"太吉郎对年轻的艺伎说。

"牙？要看人家的牙？说话的时候，您不是已经瞧见了嘛。"

"得多瞧瞧，瞧瞧里头。"

"我不嘛，怪难为情的。"说罢，艺伎闭上嘴，却又立马开口，"不来了，您欺负人。连嘴都闭上了，那怎么行呢。"

艺伎那可爱的嘴角旁露出洁白的牙齿。

太吉郎逗弄她："真牙断了，装的假牙吧？"

"舌头是软的呀。"艺伎随口就是一句，旋即，脸蛋往老板娘身后一扎，"不来啦！我不说话了！"

过了一会儿，太吉郎对老板娘说："既然连你这儿都来了，也顺道去趟中里那边吧。"

"嗯，她们也会高兴的。我陪你去，好吗？"说罢，老板娘站起身，走到梳妆台前坐下。她可能需要一点梳妆时间。

中里家的门面依然如故，客室倒是焕然一新。

又来了一个艺伎作陪，太吉郎在中里家玩乐，一直待到晚饭过后。

太吉郎外出的这段时间里，秀男登门了。

他说要找小姐，因此，千重子走到前头的铺面，招呼着他。

"祇园祭那会儿答应过要给小姐你画腰带。图案画好了，拿过来给你过目。"秀男说。

"千重子，"母亲喊道，"请他进屋吧。"

"好的。"

在对面中庭房间里，秀男向千重子展示了两幅图案，一幅是菊花，缀以绿叶，叶片新奇且精巧，下了一番功夫，几乎看不出是菊叶。另一幅是枫叶图。

"画得真好！"千重子看入迷了。

"你能满意，我可太高兴了。"秀男说，"小姐，想织哪一幅？"

"我想想啊。要是选菊花，一年到头都能系。"

"那就织菊花啦，没问题吧？"

千重子低下头，脸上泛起一丝哀愁。

"两幅都很好，不过……"她吞吞吐吐地说，"你能用杉树和赤松设计一片山林吗？"

"带杉树和赤松的山林？听起来很难，不过，可以试试看。"秀男一脸疑惑，直勾勾地瞅着千重子。

"秀男，请你原谅。"

"这话从何说起……"

"这个嘛,"千重子踌躇着,但还是说了,"夜祭那天,在四条大桥上,你答应要织腰带的那个姑娘其实不是我。你认错人了。"

秀男震惊得说不出话。他感到难以置信,一脸茫然。正因对象是千重子,他才全心全意地为其设计图样。对此,难道千重子打算毫不留情地拒绝秀男?

可是,若她如此打算,她那言谈举止未免有些令人不解。秀男那上下翻涌的情绪,此刻,终于恢复了平静。

"难道我遇见的是小姐你的幻影?我在和你的幻影说话?真有幻影出现在了祇园祭上?"问归问,秀男到底没把"'意中人'之幻影"这层意思给捅破。

千重子表情严肃,说道:"秀男,当时同你说话的,是我的姐妹。"

"……"

"她跟我是姐妹关系。"

"……"

"那一晚,我也是头一次见到我的姐妹。"

"……"

"关于这位姐妹,我对我父母,都还没有说过呢。"

"啊?"秀男大吃一惊,他根本听不懂。

"盛产北山圆木的村子,你晓得吧?她就在那儿干活。"

"什么？"

秀男毫无思想准备，惊得目瞪口呆。

"中川村，这你知道吧？"千重子说。

"知道，坐小客车时经过来着。"

"请给那位姑娘织一条腰带。"

"啊？"

"请给她织。"

"哦。"秀男点了点头，依然满心疑惑，"所以，才让我画带着赤松和杉树的山？"

千重子点点头。

"好吧。不过，这图案跟她的生活环境是不是太相似了？"

"这就要依仗你的构思啦。"

"……"

"这腰带，她会珍惜一辈子的。她叫苗子，家里没林没地，所以，工作得很辛苦。比起我这种人，她更可靠，更坚强。"

秀男对此半信半疑，但还是答道："既然小姐吩咐了，我一定用心织。"

"我再说一遍，那位姑娘叫苗子。"

"记住了。可是，她为什么长得这样像千重子小姐你呢？"

"我们是姐妹嘛。"

"就算是姐妹，这也太……"

孪生姐妹这四个字，千重子到底没有和秀男明说。

在夏日祭典上，姑娘们都穿着便装。因此，或许，"在夜晚的灯光下错把苗子认作千重子"这类眼神失了准头的事，未必只有秀男一人做过。

美妙的格子窗外又套着一层格子，外头的格子上装着折叠长凳，并且，铺面结构幽深。如今看来，这种老式建筑格局或许徒有其形。然而，秀男疑惑的是，这位深具堂堂京都韵味的和服批发商之女，怎么会同那位在北山杉村里给圆木作坊当雇工的姑娘是姐妹呢？不过，这种问题，是不该刨根问底的。

"腰带织好后，送到这儿来吗？"秀男问。

"这……"千重子想了想，说，"能直接送到苗子那去吗？"

"当然能。"

"那么，请往她家送。"她满心诚意地委托着，"只是，路有点远。"

"好的。远是远了点，但好找。"

"苗子不知道有多高兴呢！"

"她真的会收下吗？"

秀男有疑问，这理所当然。苗子应该会大吃一惊才对。

"我会好好和她解释这件事。"

"是吗，那就好，一定切实送到。她家的位置，该怎么

134

打听？"

具体地址，千重子也尚未得知。

"指苗子的具体住址吗？"

"嗯。"

"我打电话或写封信告诉你。"

"好的。"秀男说，"与其说，世界上有两位千重子小姐，不如说，我是在为你织。我一定精心织好这条腰带，亲自送去。"

"谢谢。"千重子低头行了一礼，"有劳了。你会不会觉得这种事很莫名其妙？"

"……"

"秀男，请不要为我而织，这腰带是织给苗子的。"

"嗯，我明白了。"

很快地，秀男走出铺子。他还是觉得此事成谜。不过，他必须开动脑筋去思考如何设计图案。想要表现带有赤松和杉树的山林，除非艺高人胆大，否则，这条献给千重子的腰带，就有朴素之嫌。在秀男看来，这腰带似乎仍属于千重子。不，若是给那位叫作苗子的姑娘，就得构思不与她的劳动生活产生太大冲突的图案，正如他对千重子说过的那样。

秀男曾在四条大桥上见过不知是"千重子化身的苗子"还

是"苗子化身的千重子"。他想到大桥上再走走，于是，朝那边走去。烈日当头，十分炎热。走上大桥倚在桥栏杆上，闭上眼，想要倾听的，不是人潮或电车发出的声响，而是那几不可闻的潺潺流水声。

今年，千重子没去看"大文字送火"。母亲阿繁倒一反常态地出了门，跟着父亲去了。千重子留下来看家。

父亲他们跟附近相熟的两三家批发商一起，包下了木屋町二条下那儿的茶馆。

八月十六日的"大文字送火"是盂兰盆节的送火仪式。据说，夜晚在山上点火的习俗源于人们向空中抛起燃烧的火把，引导亡灵穿过虚空返回冥界。

东山如意岳上的大文字送火虽占了"大"字，其实，五座山上都会点火。

金阁寺附近的大北山描绘左侧的"大"字、松崎的西山东山描绘"妙""法"二字、西贺茂的明见山描绘"船形"、北嵯峨野的曼茶罗山描绘"鸟居形"，五座山相继焚起火来。在四十分钟左右的焚火时间里，京都市内的霓虹灯与广告灯箱全部熄灭。

面对火光映照的山色与夜空中的景色，千重子感受到一种初秋的色彩。

立秋的前一天，下鸭神社举办了一场"夏越神事"，比"大文字送火"早半个来月。

为观看左侧的"大"字等景象，千重子经常与几位朋友一起登上加茂川的堤岸。

"大"字本身，千重子从小就看惯了。然而，"今年的'大'字又该点燃了"——随着年龄的增长，这种感情亦一次次涌上心头。

千重子走出店门。和围在折叠长凳旁的邻居家的孩子们一起玩耍。

邻居家的孩子们围着折叠椅嬉戏耍闹。小孩子对"大"字之类似乎不太在意，倒是对放烟花更感兴趣。

然而，今年夏天的盂兰盆节给千重子带来了新的哀情。因为她在祇园祭上遇到了苗子，并从苗子嘴里获知生身父母早已与世长辞一事。

"对啦，干脆明天就去见苗子。"千重子心想，"再把秀男给她织腰带的事好好解释一番。"

第二天下午，千重子换上一身朴素的行头，出门去了。她还没在大白天里见过苗子呢。

千重子在菩提瀑布那站下了车。

北山杉村大概正值繁忙的季节。男人们正在村里剥杉树圆木上的粗粝树皮。树皮堆积如山，散落得到处都是。

千重子迟疑着，刚走了没几步，苗子便一溜烟似的跑了过来。

"小姐，你来啦，欢迎欢迎！你能来，真是太好了。"

千重子看了看苗子身上的工作服。

"方便说话吗？"

"嗯，我刚才已经请了假，看见你来了嘛。"苗子气喘吁吁地说，"咱们到杉林里说话去。在那里，谁也找不着咱俩。"说着，她拽住千重子的衣袖。

苗子兴冲冲地解下围裙，铺在地上。丹波棉布质地的围裙一直围拢到后腰，因此，面积宽到足够容纳二人并排坐下。

"请坐。"苗子说。

"谢谢。"

苗子摘下扎在头上的头巾，用手指拢头发。

"谢谢你过来找我，真的。我好高兴，真高兴啊！"苗子的眼睛亮晶晶的，她凝视着千重子。

泥土的馥郁与草木的清香扑鼻而来——那是山林的芬芳。

"坐在这儿，下面的人就看不见咱俩。"苗子说。

"我喜欢这片美丽的杉林，偶尔会过来瞧瞧。不过，进到山林里，还是头一回。"说着，千重子环视了一下四周。这些杉树的粗细程度几乎都一样，它们笔直地拔立着，包围着二人。

"这些杉树都是人造林。"苗子说。

"咦?"

"活了四十多年吧。它们马上要被人砍下来做柱子或别的什么了。要是不砍,没准能活上千年,长得又粗又高——有时候,我会这么想。我嘛,还是喜欢原始森林。在这个村子里干活,唔,可能跟制作鲜切花差不多吧。"

"……?"

"在这个世界上,要是没了人类,京都这座城市也将不复存在,这一带应该会变成天然林或天然草原,说不定能成为鹿跟野猪等动物的领地呢。人类为什么要来到这个世界上呢?怪可怕的,我们人类。"

"苗子,你思考的,是这类问题吗?"千重子吃了一惊。

"嗯,偶尔想想。"

"苗子,你讨厌人类吗?"

"我最喜欢人类了。不过……"苗子答道,"虽然没什么能比人类更可爱,但是,有时我在山里打盹,一觉醒来后会忽然设想,假如人间没有人类,世界会变成什么样子呢?"

"这是潜藏在你内心深处的一种厌世情绪吧?"

"我最讨厌厌世这种说法了。每天快快乐乐地劳作,我很愉快。可是,人类嘛……"

"……"

二位姑娘所处的杉林间忽地一下变得昏暗。

"要来急雨啦。"苗子说。

雨在杉树枝梢的叶片上攒集，变成豆大的水珠，落了下来。

震耳欲聋的雷鸣声紧随其后。

"我怕，好吓人！"千重子脸色煞白，握住苗子的手。

"千重子，把腿蜷起来，身体缩成一团。"说着，苗子从上方护住千重子，几乎把她整个人都搂在怀里。

雷声越来越猛烈，电闪雷鸣，一道接一道，发出天崩地裂般的巨响。

这巨响，近得仿佛就在二位姑娘的头顶上方。

杉树的枝梢在骤雨中摇曳，哗啦作响。每道闪电都直劈大地，连二位姑娘周围的杉树树干都被闪电照亮了。优美且笔直的一根根树干瞬间令人望而生畏。惊魂未定中，又是一阵雷鸣响起。

"苗子，雷好像要劈下来啦！"千重子更害怕了，缩成一团。

"或许会下来，不过，不会劈到我们头上。"苗子语气坚定，"绝对不会！"

接着，她搂住千重子，搂得更加严实了。

"小姐，你的头发有点湿了。"苗子用头巾擦拭千重子脑后的头发，又从中间叠了一下，把这条手巾盖在千重子头上。

"雨点儿可能会透进去几滴，但是，雷决不会落在小姐你头上，也不会劈到你身边。"

听到苗子的坚定话语后，性格刚强的千重子稍稍平静下来。

"谢谢……实在太感谢了。"千重子说，"为了护着我，你都湿透了。"

"工作服嘛，湿了也不要紧。"苗子说，"我很高兴。"

"你腰里那个亮亮的东西是什么？"千重子问。

"哎呀，差点忘了，是镰刀。在路边用它剥杉树皮，见你来了，就跑着去迎你。"苗子这才发现自己身上带着镰刀，"太危险了！"

说着，苗子将镰刀扔向远处。那是把没安木柄的小镰刀。

"回去时再捡吧。不过，我真不想回去……"

雷声似乎正从她俩头上掠过。

千重子清晰地感知到了苗子用身体护着自己的这一举动。

现在是夏天，可山里下过骤雨后，连指尖都会感到冰冷。不过，从头到脚，千重子都被苗子的身体护住了，苗子的体温在千重子的身上晕染开来，深深地渗透到她的心底。

这是一种无法用言语描述的、无比亲密的温暖。千重子带着幸福的思绪，闭上眼，好半天都一动不动。

"苗子，实在太感谢了。"千重子重复着，"在母亲的肚子里，你也是这样护着我的吧。"

"那时候，我俩应该是互相推搡互相蹬腿的状态吧。"

"或许吧。"

千重子笑了，笑声里盈满骨肉之情。

骤雨和雷鸣都过去了。

"苗子，实在太感谢了。能起来了吧？"千重子动了动，想从苗子身下坐起来。

"能。不过，再多等一会儿，好吗？积在树叶上的雨还在往下滴呢。"苗子始终护着千重子。

千重子把手伸向苗子后背，试了试。

"都湿透啦。不冷吗？"

"已经习惯了，没什么。"苗子说，"你来了，我很高兴，心里热乎着呢。你也是，身上有点湿。"

"苗子，爸爸是从这附近的杉树上摔下来的吗？"千重子问。

"不知道。当时，我也是个婴儿。"

"妈妈的老家在哪儿？外公外婆还健在吗？"

"也不是很清楚。"苗子回答。

"你不是在老家长大的吗？"

"小姐，你为什么要打听这些事？"苗子语气严肃，质问千重子。

千重子把话咽了下去。

"小姐，不要去找那样的家人。"

"……"

"请这样想——你只有我这一个姐妹。能这么想，我会很感激。祇园祭那天，我讲了些多余的话。"

"不！我很高兴。"

"我也是。不过，我不能去你家的店铺。"

"你来了，我一定好好招待你，我还要跟父母说——"

"不，不要说！"苗子斩钉截铁地说，"如果你遇到了像今天这样的困难，我就是死，也要护着你。我的心情，你能理解，对吗？"

"……"千重子感动得几乎要流下热泪，"苗子，那天晚上，你被人家错认成我，心里很困惑吧？"

"嗯，就是同我谈起腰带的那个人吗？"

"那个小伙子是织匠，家里在西阵开腰带铺子，人很实在。他是不是说要给你织条腰带？"

"那是因为他把我认成你了。"

"前几天他把设计好的腰带图样拿来给我瞧，我就和他说了。我说，'你看见的不是我，而是我的姐妹'。"

"咦？"

"我求过他了，我说，'她叫苗子，请你为她织一条腰带'。"

"给我织？……"

"他不是答应过要给你织了吗？"

"那是因为他认错人了呀。"

"我也请他织了一条，另一条是织给你的。作为姐妹，留个纪念。"

"给我？"苗子感到惊诧。

"这是祇园祭上的承诺，对不对？"千重子温和地说。

一直护着千重子的苗子此时举止有些僵硬。她不动了。

"小姐，你有难处时，我愿意代你受过，我什么都可以为你做。但是，要我作为你的替身接受一些东西，我不愿意。"苗子断然拒绝。

"这样说，未免太薄情了。"

"我不是你的替身。"

"你就是我呀！"

要如何解释，才能让苗子理解呢？

"我送给你的礼物，你也不愿意接受吗？"

"……"

"请他织的是我，这样，我就能送给你了。"

"这里头，还是有点区别的。那天晚上他认错了人，他的意思是，要把腰带送给千重子小姐你。"苗子顿了顿，又说，"那位腰带铺子里的织匠好像非常倾慕你。我也是女孩子，这个我懂。"

千重子一脸羞怯，说道："那样的话，你就不愿意要吗？"

"……"

"请他织时，我说了呀，说要送给我的姐妹……"

"我接受，小姐。"苗子乖乖顺从了，"说了些多余的话，请你原谅。"

"他会把腰带送到你家去。你住的那户人家，怎么称呼呢？"

"那家人姓村濑。"苗子答道，"腰带一定很高级吧。像我这样的人，能有机会系上它吗？"

"苗子，一个人的前景没有定论，很难讲的。"

"是啊，可能是吧。"苗子点点头，"我没想过要出人头地，不过，就算没机会系，我也会把它当作宝贝的。"

"我们店里很少过手腰带。不过，我要为你挑一件和服，好跟秀男织的腰带搭配上。"

"……"

"父亲脾气古怪，近来渐渐讨厌起了做买卖。像我们家这种什么都卖的布料批发商店不可能只卖好料子，最近，化纤面料跟毛织品也多起来啦。”

苗子抬起头，看了看杉树的枝梢，放开千重子，站起身来。

“只剩零星几滴小雨啦。小姐，委屈你了。”

“不委屈，多亏有你……”

“小姐，你试着帮帮忙，料理料理店铺，怎么样？”

“我？”千重子站起身，像遭受当头棒喝一般。

苗子全身都湿透了，衣服紧贴在她身上。

她没有把千重子一路送到汽车站去。倒不是因为被淋湿了，是不想引人注目。

千重子回到店里时，母亲阿繁正在土间的紧里头给店员们准备点心。

“回来啦。”

“妈，我回来了。对不起，耽误到这么晚。爸爸呢？”

“钻进你搭的帷幔里头啦，大概在琢磨什么。”母亲直勾勾地望着千重子，“你上哪儿去了？衣服又湿又皱，赶紧换一件。”

“是。”千重子上到二楼里间，慢悠悠地换好衣服，稍坐片刻，才下了楼。母亲已经把三点钟的那顿点心给店员们分发完了。

"妈!"千重子的声音有些颤抖,"有些话,我想单独跟您谈谈。"

阿繁点点头:"上二楼里间吧。"

谈话时,千重子显得有些拘谨。

"这里也下过骤雨吗?"

"骤雨?那倒没有。不过,你想聊的,不是什么骤雨吧?"

"妈,我上北山杉村去了。村子里住着我的姐妹。不知谁是姐姐谁是妹妹,总之,我俩是双胞胎。在今年的祇园祭上,我第一次见到她。据说,我们的生身父母早就不在人世了。"

阿繁听了这话,自然大感意外。她只顾呆呆地盯着千重子看。

"北山杉村?真的?"

"这件事,我不能瞒着妈。我俩只见过两面,一次是祇园祭那天,一次是今天。"

"是位姑娘啊……她现在过得怎么样?"

"在村里一户人家里当雇工,天天干活。是个好姑娘。她不愿意上咱家来。"

"唔。"阿繁沉默了片刻,"能知道这些,也算好事一桩。那,你是想……"

"妈,我是您的孩子。请您像过去一样,把我当成这家的孩子吧！"千重子的表情很认真。

"那肯定呀！二十年前，你就是我的孩子了。"

"妈！"千重子把脸埋在阿繁的膝头。

"其实，妈早就想问你了。自打祇园祭过后，就见你经常一个人发呆，妈还以为你是有了意中人呢。"

"……"

"把那孩子带到咱家来，大家见一面，怎么样？等店员下班以后，或者晚上来，都行。"

千重子伏在母亲膝上，轻轻摇了摇头。

"她不会来的。她还管我叫小姐呢……"

"是吗。"阿繁摩挲着千重子的头发，"还是说出来的好。她很像你吗？"

吱吱吱，丹波古陶壶里的金钟儿又开始鸣叫起来。

松之绿

听说南禅寺附近有所适合入手的房子在出售，于是，趁秋高气爽散步之时，太吉郎打算过去瞧瞧，问妻子和女儿要不要同去。

"你打算买吗？"阿繁问。

"看了再说吧。"太吉郎突然一脸不悦，"听说价格很便宜，房子也小。"

"……"

"就是不买，散散步也好嘛。"

"那倒是。"

阿繁感到不安。买下那房子后，是不是每天都要到这铺子里来上班呢？同东京的银座和日本桥一样，中京的批发商一条街上，很多店主都已另置房产，再到店里来上班。若是这样，倒也不错，说明丸太的生意虽已日渐萧条，但手头还算宽裕，可以另外购置一所房子。

不过，太吉郎是不是准备把这间铺子卖掉，在那所小房子里"退休养老"呢？抑或他想趁手头还宽裕，早早下定决心，觉得放弃生意更好些？假如真是这样，丈夫在南禅寺附近的小房子里能干什么，又该如何谋生呢？丈夫也已年过半百，所以，阿繁希望他能称心如意地过日子。

铺子能卖出好价钱。可是，单靠利钱过日子，恐怕天天都得提心吊胆地活。要是有人能好好利用这笔钱做点事，生活就能过得很舒适。可是，阿繁一时间也想不起谁能应对这一切。

母亲没有把这种不安的心情宣之于口，但女儿千重子似乎能够理解她。千重子很年轻，看着母亲时，她的眼神里带着安慰的神色。

相对地，太吉郎倒是心情舒畅，一脸快活的样子。

"爸爸，在那一带散步的话，能去青莲院附近稍微走走吗？"坐在车里的千重子恳求着，"在正门前头走一走就行。"

"惦记樟树是吧。你想看樟树？"

"是啊。"父亲如此敏锐，千重子有些吃惊，"是想看樟树。"

"走，去看看。"太吉郎说，"你爸我年轻时，也常跟朋友们一起，在那棵大樟树底下天南海北地聊呢。不过，那些朋友都已经不在京都了。"

"……"

"那一带，每个地方都叫人怀念啊。"

看着父亲沉浸在年轻时的往事中，千重子等待了片刻，又说："我也是。自从毕了业，就没在大白天里看过那棵樟树了。爸爸，您知道夜游巴士的路线吗？参观寺庙时，他们会安排游客去青莲院。车一开进去，会有几个和尚拎着提灯，出来迎接。"

和尚们举着提灯照路，亮光一直延伸到大门口，路程相当远。但是，可以说，那是来这里游览的唯一情趣。

游览巴士上的旅行手册上说，青莲院的尼僧们会备薄茶招待游客。可是，游客们被让进大厅时，体验却完全不同。

"虽说用不着在客人面前点茶，不过，一大群人，只端来一个上面放满粗糙茶杯的椭圆形大托盘，就匆匆走开了。"千重子笑着说，"可能里头还混杂着尼姑，麻利得没等人看清过程，真是大失所望。茶还半温不热的。"

"没办法啊。周到待客很花时间，不是吗？"父亲说。

"嗯，这些倒也罢了。宽阔的庭院中，四面八方都有光照过来，和尚走到院子中央，站定，做了一场很长的演讲。虽然讲解的是青莲院，口才却十分了得。"

"……"

"进到寺里后，不知打哪儿传来了琴声。我问朋友，那究竟是真人演奏的呢，还是留声机播放出来的呢？"

"哦。"

"之后，我们去祇园看舞伎跳舞。她们在歌舞排练场里跳了两三支。不过，我不知道她们算哪种舞伎。"

"什么样的？"

"倒是系了垂带，可衣裳很寒酸。"

"难说是哪种。"

"我们又从祇园走到岛原的角屋，去看太夫①。太夫穿的衣裳才是正宗好货呢。侍女们也好看。在上百支蜡烛的亮光里，交换……那个叫什么来着，交杯盟誓？表现了一下那种仪式。随后，在大门口的土间处，展示了一部分太夫道中的场面。"

"嚯！就是只给人看这些，也算很慷慨的了。"太吉郎说。

"是啊。青莲院的和尚拎着提灯迎客和参观岛原角屋这两处安排倒是蛮好的。"千重子答道，"不过，这些事，总觉得以前好像也说过。"

"回头也带妈去瞧瞧。妈还没看过角屋跟太夫都什么样呢。"

---

① 日本游廊最高等级的游女。——编者注

母亲正说着，车已经开到了青莲院门前。

为什么千重子想要看樟树呢？是因为她曾经在植物园的樟树大道上散过步，还是因为她曾说过自己更喜欢自然生长的大树而非北山杉林那样的人造林？

可是，青莲院入口处的石墙边上只种了四棵樟树。它们排成一排，眼前这棵可能是四棵树里面最老的。

一行三人静静地站在这里，看着这几棵樟树。仔细一瞧，只见大樟树的枝丫以奇异的姿态扭曲着，向外伸展，且互相缠绕，仿佛带有一种使人畏惧的力量。

"看够了吗？走吧。"

说着，太吉郎迈开步子，朝南禅寺走去。

太吉郎打开怀里的钱包，掏出一张通往待售房屋的路线图，边看边说话。

"哎，千重子，爸爸对樟树之类的不太在行。它不是南方的树吗？生长在气候温暖的地方。热海跟九州一带盛产这种树。这里的樟树虽说是古树，但你感觉到没有，它比较像大型盆景。"

"这就是京都的风韵吧？山也好河也罢，就连人，都是……"千重子说。

"嗯，也许吧。"父亲点了点头，又说，"不过，人类也不尽然都是那样。"

"……"

"不论是现代人，还是过去的历史人物……"

"是啊。"

"千重子，照你的说法，日本这个国家不也是那样吗？"

"……"

诚然，千重子觉得父亲这话扯得有点远，但她还是接了话。

"话虽如此，可是，爸爸，细看那樟树，不管是树干还是奇特地向外伸展的枝丫，都令人望而生畏，不是吗？好像潜藏着一股巨大的力量。"

"倒也是。小姑娘，年纪轻轻的，也会思考这种问题？"父亲回头看了看樟树，又目不转睛地望着女儿，说道，"没错，你讲得有道理。瞧你这头发，乌黑油亮，长得多好。爸爸的脑瓜不灵啦，成了老糊涂了。哎，你这番话很精彩，叫人听了受启发。"

"爸爸！"千重子喊道，语声中充满强烈的感情。

从寺门朝里头望去，南禅寺内宁静又宽广。和往常一样，几乎没几个人影。

父亲边看那张往待售房屋去的路线图边向左拐。那房子确实很小，但黏土围墙建得很高，庭院深深，远离街道。从窄窄的院门走到房子正门前，白色胡枝子沿着长长的小径两侧整齐排列着，正在盛开。

"看，多美啊！"太吉郎站在门口，沉醉在这片白色胡枝子里，脚下一动也不动。不过，那种"想买这套房子所以过来瞧瞧"的心情，如今已荡然无存。因为他发现，隔壁那栋稍大一点的房子已然变成了美食客栈。

可是，成排的白色胡枝子着实令人不忍离去。

太吉郎好些日子没上这一带来。他惊讶地发现，南禅寺附近的大街上，大多数住家都已变成美食客栈，有些还被改建成能接待大型旅行团体的旅馆，各地来的学生们每天都进进出出，相当热闹。

"房子瞅着挺好，但不能买。"太吉郎站在种着白色胡枝子的小院门前，自言自语，"照这趋势，再过不久，可能整个京都都会像高台寺一带那样，被美食客栈所充斥啦。大阪与京都之间的地带已经变成了工业区。西京一带倒还有些空地，可就算不计较交通稍有不便一事，谁又能保证日后那附近不会盖起洋里洋气的西式住房呢？"

父亲的脸上露出失望的神色。

或许是对成排的白色胡枝子恋恋不舍，太吉郎走了七八步，又独自折返，重新观赏起来。

阿繁和千重子站在大街上等他。

"花儿开得真好！大概在种法上有什么秘诀吧。"太吉郎回到妻女身边，"要是能用竹棍支撑一下叶片就好了。赶上下雨，过去的人可能会被叶子弄湿，石板路上就没法走了。"父亲说，"要是屋主能有'今年胡枝子也会盛开啊'这感慨，可能不会兴起要卖这房子的念头。既然决定要卖，胡枝子是盛放还是凋谢，大概已无所谓了吧。"

妻女二人沉默不语。

"人嘛，恐怕也是一个道理。"父亲的脸上浮现出一丝阴霾。

"爸爸，您这么喜欢胡枝子花呀。"千重子用爽朗的语调说道，"今年已经来不及了。等到明年，我给爸爸设计一张胡枝子小纹的图样吧。"

"胡枝子是女式纹样。嗯，是女士浴衣上的花纹。"

"我想设计出既不是女式纹样也不是浴衣花纹的图案。"

"嚯！既然是小纹，打算做内衣？"父亲望着女儿，用笑意化解哀情，"作为回礼，爸爸给你画张樟树图案，做和服做羽织都行。你穿在身上，准像个树精似的。"

"……"

"简直像男女颠倒了一样嘛。"

"没有颠倒。"

"你敢穿树精一样的樟树图案上街吗？"

"敢。我乐意穿着它走，走到哪儿都行。"

"唔。"

父亲低下头，仿佛陷入了沉思。

"千重子，我并不是只对白色胡枝子有钟爱。任何一种花，由于赏花时间和赏花地点各异，人的内心感触也各有不同。"

"是呢。"千重子答道，"爸爸，既然都走到这儿了，龙村他们家就在附近，我想顺便去看看，行吗？"

"哦，那是做外国人生意的铺子。阿繁，你看怎么办好？"

"既然千重子想去，咱就去。"阿繁爽快地说。

"好吧。不过，自家的腰带，他们可不在店里卖。"

这一带是下河原大街的高级住宅区。

千重子一进店，就热情高涨地翻看起挂在右侧墙上的以及成卷堆放的女士丝绸洋服面料。这些不是龙村的织品，而是钟纺（Kanebo）公司的产品。

阿繁凑过来瞧。

"千重子，你也打算穿洋装吗？"

"不，不为了穿。妈，我想了解一下外国人喜欢的丝绸是什么样的。"

母亲点点头。她站在女儿身后，时不时伸出手，去摸那些料子。

以正仓院书画断片为主要蓝本来临摹的、仿古书画断片模样的织品挂满整个铺面，走廊上也有。

这些才是龙村的织品。太吉郎参观过很多次龙村举办的织品展览，也看过古代书画断片的真迹和相关图鉴，脑子里有印象，名字也都叫得上来。不过，他还是忍不住，再次仔仔细细地欣赏着这些。

"这是为了向西方人展示，日本也能织出这样的织品。"和太吉郎相熟的店员说。

这些话，太吉郎以前来店里时都听过。现在听了，还是会点头赞同。即使临摹的是中国唐代的艺术品，他还是说道："真是太伟大了，远古时代，历经千年……"

这家似乎不对外售卖仿古书画断片模样的完整布料——倒是有织好的女士腰带，太吉郎很喜欢，买过几条，送给了阿繁和千重子。

不过，这间铺子是做洋人生意的，腰带不拿出来卖。体积最大的商品就是桌旗，仅此而已。

此外，锦囊荷包、怀纸收纳袋、卷烟收纳袋、帛纱小茶巾之类的小玩意儿整齐地排列在展示柜里。

太吉郎索性买了两三条不像龙村出品的龙村领带，还买了名为"揉菊"的怀纸收纳袋。"揉菊"就是借鉴本阿弥光悦在鹰峰创造出的名为"大揉菊"的揉纸工艺，在布料上模仿出纸张的纹路。这种工艺，反而令人耳目一新。

"类似这种收纳袋，东北地区的某些地方即使到了今天也能做。用结实的日本纸生产出来。"太吉郎说。

"是、是吗。"店员回道，"它同光悦有什么联系，我们是不大了解。"

紧里头的展示柜上摆着索尼牌小型收音机。这下子，连太吉郎一家都不免感到惊讶。这样的寄卖商品，就算是为了"获取外币"，也太……

他们三人被请到里间，坐在客厅里喝茶。店员告诉他们说，您几位坐着的椅子，好几个外国贵宾都曾在上边坐过呢。

玻璃窗外有一片杉树林，面积很小，却很罕见。

"这是哪种杉？"太吉郎问。

"我们也不晓得。好像叫什么广叶杉。"

"哪几个字呢？"

"有的花匠不识字，不一定对啊。可能是广大的广，树叶的叶。据说本州以南才有。"

"树干怎么是那个颜色？"

"那是青苔。"

小型收音机响了。他们回头一看，只见一个年轻人正在给三四个西洋女子介绍商品。

"呀，是真一的哥哥。"说着，千重子站起身。

真一的哥哥龙助也朝千重子这边走过来，并向坐在客厅椅子上的千重子的双亲低头行礼。

"你在接待那些西洋女子？"千重子说。

一接近彼此，千重子就感到这位哥哥与性情随意的真一不同。他身上有一种压迫感，很难同他搭话。

"算不上什么接待，就是给她们当翻译、跑跑腿。有位朋友原本干这个，他妹妹死了，我替他干个三四天。"

"哎，妹妹怎么就……"

"是啊。比真一还小两岁呢，是个可爱的姑娘。"

"……"

"真一英语不太好，人又容易害臊，没办法，只能我上了。其实店里根本不需要什么翻译，况且，这些客人在店里只买小型收音机之类的东西。她们是住在首都大饭店里的美国太太。"

"原来如此。"

"首都大饭店离这里很近，她们过来，只是顺路。要是她们能仔细看看龙村的织品就好了，可惜她们只关心小型收音机。"龙助低声笑道，"当然，愿看什么，悉听尊便。"

"我也是头一回看到陈列在这里的收音机。"

"管它是小型收音机还是丝绸，一美元就是一美元，都一样。"

"嗯。"

"方才到院子里去，看到池塘里有色彩缤纷的鲤鱼，我就想，要是她们详细问起这个，我该怎么说明才好呢。不过，她们只夸了两句鲤鱼好看就完事了，帮了我的大忙。关于鲤鱼，我知道的不多。鲤鱼的各种颜色，英语该怎么说才贴切，我也不晓得。那种带着斑纹的彩色鲤鱼……"

"……"

"千重子小姐，出去看看鲤鱼好吗？"

"那些太太怎么办？"

"店里的店员照应着就行。时间差不多了，也该回饭店喝茶了。她们要跟自己的先生在那里碰头，动身到奈良去。"

"我去跟父母说一声，说完就来。"

"好，我也去跟客人打个招呼。"说罢，龙助走到太太们身边，和她们讲了些什么。太太们齐刷刷地把目光投向千重子，千重子脸上飞起一片红晕。

龙助很快便折回来，邀请千重子到庭院里去。

两个人坐在池边，望着美丽的鲤鱼在池塘中游来游去，沉默了片刻。

"千重子小姐，贵店那位掌柜的——现在算公司里的专务还是常务来着——能给他点脸色瞧瞧吗？你肯定能做到。需要的话，我可以陪你一起面对。"

这话太出人意料了，千重子心中万分惶恐。

从龙村回来后，当天夜里，千重子做了一个梦。千重子蹲在池边，无数条色彩斑驳的鲤鱼向她脚下聚拢过来。鱼儿们你推我搡，有的纵身起跳，有的把头探出水面。

这就是梦的全部内容。并且，梦的都是白天发生过的事情。千重子把手伸进池水里，轻轻拨动出涟漪，仅此而已，鲤鱼们就这样聚拢过来了。千重子有些愕然，对这群鲤鱼产生了一种无法言喻的怜爱之情。

身边的龙助似乎比千重子更加惊诧。

"你的手上有什么香味吧？或者，是一种灵气？"龙助说。

千重子一脸羞涩，起身说道："或许是因为这儿的鲤鱼已经不怕人的缘故。"

然而，龙助目不转睛地盯着千重子的侧脸瞧。

"东山就在眼前呐。"千重子避开龙助的目光。

"哎，你不觉得山色跟往常不一样吗？那里像秋天一样。"龙助应道。

这场鲤鱼之梦里，龙助在不在身旁呢？清醒过来的千重子已经记不清了。好一阵子，她难以入眠。

翌日，千重子犹豫了一下，没有提及龙助劝自己给掌柜的"来点厉害脸色瞧瞧"这码事。

店里快要打烊时，千重子在账房前头坐下。这是个古色古香的账房，被矮格子三面围拢住。植村掌柜察觉到了千重子的气势异于平日，便问道："小姐，有什么事吗？"

"请让我看看适合我的布料。"

"看自己的？"植村似乎如释重负，"要穿自家铺子里的东西吗？现在挑料子，是在选正月要穿的正装吧。做件会客礼服还是振袖呢？哎？小姐，你过去不是都从冈崎那样的染色作坊或惠理万那样的铺子里买料子吗？"

"我想看看自家的友禅绸，不做过年穿的正装。"

"哦，这种料子多得很。不过，不知现有这些能不能入小姐的眼，让小姐称心？"说着，植村起身唤来两名店员，耳语几句，三个人搬出十几匹布料，放在店铺中央，熟练地摊开，让千重子看。

"这块料子好。"千重子亦很快做出决定，"最少五天，最多一周，能从里到外连同八裾衬里都完成吗？"

植村倒抽一口凉气，说道："这可是急活儿。我们是批发店，不常拿料子出去请人缝。不过，会办妥的。"

两名店员灵巧地将布匹卷好。

"这是尺寸表。"说着，千重子把尺寸表放在植村的桌子上。

不过，她并没有走开。

"植村先生，我也想学学，想了解一下自家的买卖是怎么做的。请您多多指点。"千重子用温和的语气说道，轻轻低头行礼。

"好的。"植村的表情僵硬起来。

千重子平静地说："就明天吧，请让我看一下账本。"

"账本？"植村挤出一脸苦笑，"小姐，你要查账吗？"

"谈不上什么查账，哪能做出那么离谱的事。不过，不看看账本，就没办法了解我们家的买卖是什么情况呀。"

"是吗。一本账本也说明不了什么问题，再说，还得应付税务局什么的呢。"

"我们家搞了两本账？"

"哪儿的话。要是真能那样瞎搞，得请小姐你来造啊。我们是光明正大的。"

"明儿给我瞧瞧吧，植村先生。"千重子干脆地说。说完后，就从植村面前走开了。

"小姐，你还没出生时，这铺子就一直是我植村在料理。"植村说。

千重子连头也不回。

见她这样，植村用小到几乎听不见的声音嘟囔："什么意思嘛！"接着，他"喊"了一声，又说："腰好疼啊。"

千重子来到母亲跟前。母亲正在准备晚饭，似乎被她给吓坏了。

"千重子，你那些话可真厉害啊！"

"哎，说这些也不容易的，妈。"

"年纪轻轻的，看着挺老实，也有可怕的一面呀。妈都吓得发抖了。"

"也是人家给我出的点子。"

"啊？谁呀？"

"真一的哥哥，在龙村那天。真一那边，他父亲的生意很兴隆，店里有两个掌柜的。他说，要是植村先生不干了，他可以调一个给我们，甚至还说，他自己来帮忙也行。"

"是龙助说的？"

"嗯。他说，反正要经商，研究生什么的，随时可以不上。"

"哦？"阿繁望着千重子那张满脸生辉的美丽脸庞。

"不过，植村先生倒没有不做的意思。"

"他还说，种着白色胡枝子的那户人家附近要是有好房子，他会让他父亲也买一套。"

"哦。"母亲忽然不知该说什么，"你父亲好像有点厌世思想。"

"人家说，爸爸这样也挺好的。"

"这话也是龙助说的？"

"是啊。"

"……"

"妈，您刚才都听到了，不过，我还是想征得您的同意。我想把咱店里的一块和服料子送给那位杉村姑娘，行吗？"

"行啊，送吧。还添件羽织给她，怎么样？"

千重子转开视线，眼泪濡湿了她的眼眶。

为什么叫高机呢？不言而喻，因为它是高架手摇织机。把它安放在挖得很浅的地面上，地里的潮气对丝有好处，所以叫高机。最开始，会另找他人坐在高机顶部。时至今日，依然有人把沉重的石头装进篮子里，吊在高机两侧。

有些作坊，既使用此类手工织机，也使用机械织机。

秀男家只有三台手摇织机，供兄弟三人使用，父亲宗助偶尔也坐在织机前织织东西，因此，在西阵一带为数不多的小作坊里，他家的经营状况还算过得去。

千重子托秀男织的那条腰带快要织好了，秀男也就越发高兴。这固然是因为自己倾尽全力的工作就要完成，更重要的是，竹筘的摆动与织机发出的声响中包含着千重子三个字。

不，不是千重子，是苗子。不是千重子的腰带，是苗子的腰带。然而，织腰带的过程中，秀男感到千重子与苗子已合二为一了。

父亲宗助站在秀男身旁，盯着腰带瞧了一会儿。

"真是条好腰带。图样真新颖啊！"说着，他歪了歪脑袋，"谁的？"

"佐田先生的千金，千重子小姐的。"

"谁设计的？"

"千重子小姐想出来的。"

"啊？千重子小姐？真的吗？嚯！"父亲倒吸一口凉气，端详着织机上的腰带，用手摸了摸。"秀男，织得很到位，这样就行了。"

"秀男，以前我应该讲过，佐田先生对我们有恩。"

"这话听过了，爹。"

"嗯，看来是讲过。"宗助仍然重复着这些话，"我做织匠，白手起家，好不容易买到一台高机，一半的钱还是借来的。每织好一条腰带，我就送到佐田先生那儿去。只送一条实在丢人，只好半夜悄悄送。"

"……"

"佐田先生从未嫌弃过咱们。后来，织机发展到三台，日子总算好起来了。"

"……"

"虽然如此，秀男，我们跟人家身份还是有差别的。"

"这我明白。您干吗要说这些呢？"

"因为你好像很喜欢佐田家的千重子小姐。"

"原来指这个。"说罢，秀男又活动起停住的手脚。

腰带刚一织好，秀男赶紧拿上它，往苗子所在的杉村去了。

那天下午，北山方向出现了好几道彩虹。

秀男抱着苗子的腰带，一走上马路，彩虹就映入眼帘。彩虹很宽，色彩却很淡。弧线顶点处，还没有完全描画出弓形。秀男停下脚步端详，只见彩虹的颜色渐渐稀薄，仿佛即将消失。

说来也怪，汽车驶入山谷前，秀男又看到两次类似模样的彩虹。前后三次，都没有完全显现出弓形，三道彩虹都有些稀薄。这样的形态原本很常见，可是今天，秀男有点放心不下。

"唉，这彩虹到底象征什么呢？是吉还是凶？"

天空并不阴沉。进入山谷后，那样的稀薄彩虹似乎又出现了。它被清泷川岸边的高山挡住，看不真切。

秀男在北山杉村下车后，一身工作服的苗子在围裙上擦了擦手上的水，立刻跑了过来。

苗子正在用菩提瀑布里的粗沙（准确说是更接近深茶色的黏土）精心地擦洗杉树圆木。

眼下还没出十月，可山里的水或许已开始冻手。杉树圆木漂浮在人工挖出的水沟里，水沟那头有个简陋的炉灶，热水可能就是从那里流下来的，沟里冒着热气。

"谢谢你，愿意跑到这深山老林里来。"苗子鞠了一躬。

"苗子小姐，答应给你织的腰带终于织好，我把它送来了。"

"这是代替千重子接受的吧。我不想再当替身，能见一面，已经很好了。"苗子说。

"这是我对你的承诺，并且，图样是千重子小姐设计的。"

苗子低下头，说："秀男先生，不瞒你说，前天，从衣裳到鞋，千重子店里的人全都送来了。可是，这些东西，什么场合才穿得起呢？"

"二十二号时代祭那天穿穿？你出不去吗？"

"不，能出去。"苗子毫不犹豫地说，"在这儿看腰带，会被人家撞见。"她思考了一下，又说，"到河边的石滩上走走好吗？"

与那时同千重子一起躲进杉林里不同，跟他，不能这样做。

"秀男先生，你织的腰带，我一辈子都会珍惜的。"

"哪里，以后我还会为你织。"

苗子铭感五内，没了言语。

千重子送来和服这件事，苗子寄居的那户人家当然是知道的。因此，把秀男领到那家去，未尝不可。可如今，她已知晓千重子的身份，也明白她家的铺子是什么地位。仅凭这些，自小思念同胞姐妹的心情已经得到满足，她不愿再为一些小事给千重子添麻烦。

其实，抚养苗子的村濑家在此地拥有一片很好的杉林，苗子又不辞辛劳地为他们干活，因此，即使千重子家知道了这些情况，也不至于给对方添麻烦。或许是因为，较之中等规模的布料批发商，拥有杉林产业的人家生活上更加稳定。

不过，在与千重子频繁接触关系渐密一事上，苗子还是打算慎重行事。正因与千重子产生的姐妹之情已深深触动自己，更要这么做。

于是，苗子邀秀男到河边的石滩上去。在清泷川的小石滩上，但凡能种树的地方，都种着北山杉。

“要求唐突，请见谅。”苗子说。她毕竟是个女孩子，想快点看到腰带。

“杉林可真美啊。”秀男抬头望了望山，解开棉布包袱，松开包装纸上绑着的纸绳。

“这里打在背后，做出太鼓结。这一段打算放在身前。”

“哎呀，”苗子摩挲着腰带，边看边说，“这腰带系在我身上，实在太浪费了。”她眼中闪现出光彩。

“一个毛头小伙织的腰带，哪谈得上浪不浪费呢。快到正月了，画赤松跟杉树，倒也应景。我一直以为，赤松适合放在身后的太鼓结上，可千重子小姐说，应该把杉树放在后面。到山里来，我才明白这个道理。提起杉树，人会联想到一棵棵参天大树，或者古木，但其实，把它画得柔和些，或许也是一种特色。我还用了一些赤松的树干来协调色彩。"

当然，包括杉树树干在内，不会直愣愣地描画一模一样的颜色。在形态和色调方面，秀男还是下了一番功夫的。

"这腰带真漂亮，太感谢了。可惜，像我这样的人，可能系不了这么华丽的腰带。"

"千重子小姐送你的和服，合身吗？"

"很合身。"

"千重子小姐从小就很会挑选有京都特色的和服布料。这腰带，还没请她过目呢。不知为什么，总觉得有点不好意思。"

"这不是千重子设计的吗……我也该请千重子看看才是。"

"那就在时代祭上穿出来见人，好吗？"说罢，秀男把腰带叠好，收进包装纸里。

包装纸上的纸绳也系好后，秀男又对苗子说："不要太客气，请收下吧。虽说这腰带是我答应织的，但它也是千重子小姐的一份托付。把我看成普普通通的织匠就行，不过，我是诚心诚意为你织的呀。"

苗子把秀男递给她的腰带放在膝头，默不作声。

"刚才也讲过，千重子小姐从小就很会挑和服。这腰带同她送你的衣裳一定很相配。"

二人眼前，清泷川水波清浅，潺潺流动，泛起轻柔的声响。秀男环顾了一下两岸的杉林。

"杉树树干像手工艺品一样整整齐齐地排列着，这我能想象。但我没想到，杉树顶端的枝叶竟生得像淡雅的花朵一样。"

苗子的脸上泛起一丝哀愁。说不定，父亲就是在树梢上整枝时想起了被抛弃的婴儿千重子，心中痛苦，以致从一棵树荡到另一棵树的树梢上时，不慎摔了下来。那时，苗子跟千重子一样尚且是个婴儿，自然什么都不知道。长大以后，才从村里人那里得知此事。

加之，对于千重子——其实苗子连对方姓甚名谁是死是活都不晓得——只知道她与自己是双胞胎，谁是姐姐谁是妹妹，同样不晓得。她只觉得，哪怕见一次也好。如果能见上面，从旁偷瞧一眼也愿意。

苗子自己那间简陋得像窝棚似的房子至今仍带着凄凉感，立在这杉村里。一个孤零零的少女，不可能单独生存下去。很长一段时间，房子给了一对儿在杉林里劳作的中年夫妇和一个上小学的姑娘住。当然，苗子从没收过称得上房租的钱，况且，那样的房子，也不好意思收房租。

只是，那个上小学的小姑娘出奇地喜欢花，房子旁又立着一棵长势非常好的丹桂。她便偶尔跑来，喊着"苗子姐姐"，向她请教修整的方法。

"不用管它，让它自己长就行。"苗子答道。

然而，每次从这小窝棚门前经过时，比起别人，隔着老远，苗子就能闻到那股桂花香。毋宁说，于苗子而言，这反倒叫人悲伤。

苗子把秀男织的腰带放在膝头，感受到一股沉甸甸的分量。这分量，使人心中感慨万千。

"秀男先生，我已经知道千重子的下落了，以后，我尽量不再见她。不过，承蒙好意，和服和腰带，我穿一次就是。我的心情，你明白的，对吧？"苗子真诚地说。

"嗯。"秀男说，"时代祭那天，你会来吧？我想看看你系上这条腰带的模样，不邀千重子小姐来。游行队伍从御所出发，我在西蛤御门等你。这样行吗？"

苗子的脸颊泛起淡淡红晕。好一阵子，她才深深地点了点头。

对岸临水处有一棵小树，叶片带着赤红，叶影在水面上荡漾着。

秀男抬起头，问道："那棵树上，红叶真鲜艳。是什么树？"

"是漆树。"苗子扬起视线，答道。

说话时，她用颤抖的手指向后拢拢头发，不知为什么，那头黑发松散开来，长发垂下，散落在背后。

"呀！"

苗子满脸通红，赶紧把头发捋在一起卷好盘起，用衔在嘴里的发卡别上。可是，小发卡散落一地，手里的不够用了。

秀男看在眼里，觉得那种姿态和举止实在动人。

"你也留长发吗？"秀男问。

"是啊，千重子也没有剪掉嘛。她很会梳理，所以，男人家看不出来。"苗子慌慌张张地戴上头巾，"让你见笑了。"

"……"

"在这里，我只给杉树做修饰，自己是不化妆的。"

话虽如此，她似乎淡淡地涂了一层口红。秀男很希望看到苗子再把头巾摘下来，再让他看一次长长的黑发垂到后背上的姿态。可是，他说不出口。这一点，苗子在慌忙戴上头巾的时候就已经意识到了。

狭窄的山谷西侧，山峦变得有些暗淡了。

"苗子小姐，你该回家啦。"说着，秀男站起身。

"今天的工作也差不多要收尾了。白天变短啦。"

山谷东侧的山顶上，一排排杉树笔直地耸立着。透过树干的间隙，能够看到金色的晚霞。

"秀男先生，谢谢你。真是太感谢了。"苗子愉快地接受了腰带，也站起身。

"一定要谢的话，就向千重子小姐道谢吧。"嘴上是这么说，不过，能给这位住在杉林里的姑娘织腰带，秀男心中充满了喜悦。那种温情，在他心里膨胀开来。

"恕我唠叨，时代祭那天，你一定要来。我在御所西门，就是蛤御门那里等你。"

"好。"苗子用力点点头，"穿上从未穿过的和服，系上腰带，真叫人难为情，但我会去的。"

在节日颇多的京都，十月二十二日的时代祭、上贺茂神社和下贺茂神社举办的葵祭和祇园祭，并称京都三大祭典。虽是平安神宫的祭祀仪式，巡行队伍却从京都御所出发。

一大清早，苗子就心神不宁。还没到约好的时间，她提前半个钟头就来到御所西边的蛤御门旁，站在阴凉处等候秀男。在她而言，等候一位男性，这还是头一遭。

幸好，天气晴朗，万里无云。

为纪念平安迁都一千一百年，明治二十八年（1895年），平安神宫创建。因此，无须解释，三大祭典中，时代祭是历史最短的一个。不过，到底是庆祝京都成为首都的节日祭典，因此，要在巡行队伍中表现出数千年间京都风俗之变迁。为展现历朝历代的不同服饰，队伍中会出现人们耳熟能详的历史人物。

比如，和宫、莲月尼、吉野太夫、出云阿国、淀君、常盘御前、横笛①、巴御前、静御前、小野小町、紫式部、清少纳言。

还有大原女②和桂女③。

此外，游女、女演员、女商贩也混杂其中。既然列举了女人，自然也有楠正成、织田信长、丰臣秀吉等王朝公卿，武将也很多。

这活像京都风俗画卷的巡行队伍，相当长。

据说，昭和二十五年（1950年）起，队伍里才增加了女性，为祭典增色不少，场面变得很华丽。

打头阵的是明治维新时期的勤王队、丹波北桑田的山国队，殿后的队伍是延历时代上早朝的文官们。巡行队伍一回到

---

① 《平家物语》第十卷第八章中的登场人物，侍奉平清盛之女平德子，一位侍女。

② 与"白川女"相似，也是在京都大街上头顶商品沿街叫卖的生意人。大原女居住在左京区大原一带，是农家女，卖的是柴火和木炭。

③ 桂女住在西京区桂川西侧，叫卖的是鱼、瓜果、糖果等。

平安神宫，就在凤辇前致贺词。

既然队伍从御所出发，最佳观赏地点就是御所前的广场。因此，秀男才邀苗子到御所来。

苗子站在御所大门附近的阴凉处，等待秀男。游人如织，进进出出，也没人注意她。倒有一位商铺老板娘模样的中年妇女毫无顾忌地走了过来，说："小姐，您的腰带真漂亮。在哪儿买的？同和服很般配。让我瞧瞧。"说着，妇女朝腰带伸出手，"能让我看看背后的太鼓结吗？"

苗子转过身。

"啊！"妇女发出惊叹声。

听见这反应，苗子心里反倒踏实了些。穿着这样的和服，系上这样的腰带，长这么大，还是头一遭。

"让你久等啦。"秀男来了。

巡行队伍离开御所后，附近的座位都被信佛的小团体和观光协会占去了。秀男和苗子只好站在观礼席的后面。

苗子第一次站在这么好的位置上观礼。她只顾着看巡行队伍，秀男也好新衣裳也好，都被抛到了九霄云外。

然而，她很快回过神来，问道："秀男，你在看什么呢？"

"看松树那道翠绿。你瞧，巡行队伍有松树的翠绿当背景，衬托得更加醒目了。御所这么宽阔，庭园里都是黑松，我特别喜欢。"

"……"

"我也悄悄偷看你了。你没注意到吧？"

"呀，讨厌！"说着，苗子低下了头。

深秋的姐妹

　　在节日甚多的京都，比起"大文字送火"，千重子更喜欢
"鞍马火祭"。由于地点不太远，苗子也去看过。但是，相遇之
前，即使在火祭上擦肩而过，或许她们也未曾留意过彼此。

　　从鞍马道到神社，在这条参拜之路上，家家户户都会拉好
门口的木栅栏，在屋顶上洒好水，人们半夜里就举着大大小小
各式各样的火把，嘴里喊着"祭礼呀，祭礼！"的号子，登上
神社。火焰熊熊燃烧。两座神舆出现时，村里（现在是镇）的
妇女们全体出动，去拉轿上的绳子。祭典的最后，献上大火
把。活动一直持续到天明时分。

　　不过，今年，这远近闻名的火祭不举行了。据说是为了节
约。但竹伐会照常进行。

北野天满宫的"芋头茎祭"今年也取消了。据说是因为芋头歉收，无法装饰芋头茎神舆的缘故。

京都还有不少仪式，譬如鹿谷安乐寺的"供奉南瓜"仪式，莲华寺的"封印黄瓜"等仪式。这些仪式展现出古都的风貌，也反映出京都人生活的一个方面。

近年来，在岚山河流上泛龙舟的迦陵频伽，在上贺茂神社庭院内的蜿蜒细流边举行的曲水宴，这些仪式也恢复了。无论哪个，都是达官显贵们玩的高雅消遣。

曲水宴，就是人们身穿古老的服装，坐在岸边，让小酒盅随水波而动。趁这工夫，人们或吟诗作对，或写写画画，尽情挥洒，待酒盅漂到自己跟前时，拈起酒杯一饮而尽，再让酒杯漂到下一个地方去。这种事，都交由书童伺候。

这是去年开始举办的娱乐活动，千重子去看过。先于这些贵族公卿出场的是歌人吉井勇（如今，这位吉井勇已与世长辞了）。

或许因被忽视多年再度兴起，这活动似乎并不吸引人。

今年，千重子还是没去参观岚山的迦陵频伽。她觉得这些活动并没有那种古意盎然的趣旨。京都有很多古老的盛会，她根本看不过来。

千重子身上那股勤劳劲儿，或许是受爱劳动的母亲阿繁的熏陶，也可能出自自身秉性。她一大早就爬起来，细心擦拭格子门窗。

"千重子，时代祭那天，你们俩过得可真快活啊。"

吃完早饭，刚收拾好饭桌，真一就打来电话。看来，真一又把千重子和苗子弄混了。

"你去了？怎么不喊我一声呢。"千重子耸耸肩。

"是想喊来着，可哥哥不让。"真一据实相告。

千重子犹豫着，不知道该不该告诉真一他弄错人了。不过，从这通电话里，她能够想象得到，苗子已经穿上了她送的和服，系上了秀男织的腰带，去参观时代祭了。

苗子的伴儿肯定是秀男。千重子虽对此事感到意外，心头却飞快地涌上一股淡淡的暖流，脸上泛起一丝微笑。

"千重子，千重子！"真一在电话里喊，"怎么不说话了？"

"先打过来的，不是你吗？"

"啊，是啊。"真一笑出声，"你们掌柜的现在在吗？"

"不在，还没来呢。"

"千重子，你是不是有点感冒？"

"声音听着像？刚才在门口擦格子门来着。"

"是吗。"真一好像在摇晃听筒。

这次，轮到千重子爽朗地笑出声了。

真一压低声音说："这电话，我是替我哥打的。现在换哥哥来讲。"

对真一的哥哥龙助，千重子无法像对真一那样随意讲话。

"千重子，你给掌柜的甩脸色了吗？"龙助突然问道。

"给了。"

"了不起！"龙助再次高声说道，"真了不起啊！"

"家母在我背后，无意间听到了，好像边听边替我捏把汗呢。"

"那肯定的。"

"我说，我也想学学自家的生意是怎么做的，请把能有的账本都给我瞧瞧。"

"嗯，这么说就行。尽管只是说说而已，但说与不说区别大了。"

"然后，还让他把保险箱里的存折、股票、债券之类的东西统统拿了出来。"

"嚯，厉害。千重子，你可真了不起。"龙助不胜感慨，"没想到，你这么温顺的姑娘，竟也能……"

"是你出的主意嘛。"

"不是我出的。是附近的批发商在传一些奇怪的传闻，我才下定决心。要是那些话你不便说，就由家父或我去说。不过，自家的千金说这话，是最妥的。那掌柜的，态度有变化了吧？"

"有。多多少少吧。"

"我想也是。"龙助在电话里沉默片刻，又说，"太好了。"

千重子能感觉到，电话那头的龙助似乎又在犹豫着什么。

"千重子，今天中午我想拜访一下贵店，不妨碍你吧?"龙助说，"真一也一道去。"

"这有什么好妨碍的呢，不至于这么郑重其事呀。"千重子答道。

"你毕竟是位年轻小姐嘛。"

"瞧你说的。"

"怎么样?"龙助笑着说，"我想趁掌柜的还在店里时过去。我也想稍微观察观察。你什么都不用操心，我来会会他。"

"啊?"千重子没了言语。

龙助家的铺子是室町一带的大批发商，人脉上也有很多各具影响力的生意伙伴。龙助还在念研究生，但是，支撑店铺的重担自然而然地落在了他的肩上。

"该是吃甲鱼的季节啦。我在北野的大市餐馆订了座位，请你赏脸。以我的辈分，请令尊令堂也来未免太冒失了，所以，只请你。我再带上我家的'童女'。"

千重子倒吸了一口凉气，只说了一句"哦"。

真一扮成童女坐在祇园祭的长刀花车里，这已是十几年前的事了。然而，哥哥龙助至今仍时不时以玩笑口吻提起此事，叫他"童女"。或许是因为真一身上至今还保留着当年那股"童女"般可爱而温顺的性格吧。

千重子对母亲说："方才龙助来电话，说中午要和真一上咱家来。"

"哦？"母亲阿繁露出意外的神色。

下午，千重子上到二楼里间，开始化妆。虽是淡妆，但也费了一番工夫。她细心梳理着长发，却总也梳不出称心的发型。要穿的衣裳也是，挑来挑去，反倒越挑越没了主意。

好不容易下楼来，父亲已经出门，不在家了。

她把里间客厅要烧的炭火拨弄好，看了看周围，又望了望狭窄的庭院。老枫树上的苔藓依然是绿油油的，然而，寄生在树干上的两株堇花，叶片已经开始枯黄。

吉利支丹石灯笼脚下，一棵小小的茶梅开着红花。那抹红，红得着实娇艳，甚至比红玫瑰更能打动千重子。

龙助和真一来了。他们同千重子的母亲郑重地寒暄了一番，随后，龙助独自一人走向账房里的掌柜的，在他面前端端正正地坐了下来。

植村掌柜赶忙从格子围栏里出来，又与龙助寒暄了一番。话很长，龙助也一直在应对，却始终板着一张脸，表情不为所动。这股冷漠劲儿，植村当然看得明白。

植村心想，这毛头小伙学生仔到底什么意思？他被龙助镇住了，不知如何是好。

植村的话头告一段落后，龙助平静地说："贵店生意兴隆，太好了。"

"是，谢谢，托大家的福。"

"家父常跟生意上的伙伴们说，佐田先生幸亏有你。你经验丰富，很能干呢。"

"哪里哪里。小店的生意怎能与水木先生那样的大买卖相比呢，不敢当。"

"不不，我家那样的字号，生意上到处伸手，一会儿搞些和服料子批发，一会儿搞些有的没的，跟个杂货铺似的。我不大喜欢。要是少了像植村先生您这样严谨又可靠的人，店铺可就撑不下去啦。"

植村正要回话，龙助就站了起来。植村脸色一沉，望着龙助的背影。后者正朝千重子和真一所在的里间客厅走去。掌柜的看明白了——说要看账本的千重子和眼前的龙助，两者之间定然有种不为人知的联系。

龙助来到里间客厅，千重子抬起头望着他，仿佛有话要问。

"千重子，我替你警告了一下掌柜的。我有责任像之前那样给你建议。"

"……"

千重子低着头，为龙助点了一杯薄茶。

"哥，你瞧那枫树树干上的堇花。"真一用手一指，"有两株，对吧。早在几年前，千重子就把那两株堇花看作一对可爱的恋人。近在咫尺，却无法相伴。"

"唔。"

"女孩子嘛，脑子里尽是些可爱的念头。"

"瞧你说的！听着怪难为情的，真一。"千重子把点好的茶端到龙助面前，手微微颤抖着。

三人坐上龙助店里的车子，向北野六番町的甲鱼餐馆"大市"奔去。大市是间老铺，装潢格局十分古雅，在游客们中间亦颇负盛名。房间古色古香，天花板比较低矮。

这里主要卖炖甲鱼，即甲鱼火锅，也卖杂烩粥。

从里到外，浑身都暖洋洋的，千重子感到自己已有几分醉意。

她连颈脖处都泛起一层淡粉色。白皙又细腻的脖颈肌肤带着青春的活力，柔滑且富有光泽，一层淡粉晕染其上，实在很美。她不时抚摩着脸颊，眼中流露出娇媚的神态。

千重子从来滴酒不沾，她没喝过酒。然而，甲鱼火锅的汤头几乎一半都是酒。

就算有车在门口等候，千重子还是担心自己走路会不会脚步打滑。尽管如此，她还是喜不自禁，讲话的口气也随意多了。

"真一，"千重子对更好搭话的真一说，"时代祭那天，你在御所庭院里看见的那一对儿，不是我，你认错人了。从远处瞧见的吧？"

"别遮着藏着啦，是也没什么嘛。"真一笑了。

"没遮着藏着。"千重子不知该如何解释，"其实，那姑娘是我的姐妹。"

"啊？"真一一头雾水。

在樱花盛开的清水寺，千重子告诉过真一，说自己是个弃儿。这件事，真一的哥哥龙助恐怕也有所耳闻。就算真一没告诉他哥哥，两家走得这么近，消息自然会传过去。如此推断，应属妥当。

"真一，你在御所庭院里看到的是……"千重子犹豫了片刻，又说，"是我的孪生姐妹，我们是双胞胎。"

这句话，真一第一次听说。

"……"

三人沉默了片刻。

"我是被遗弃的那个。"

"……"

"真是这样的话，扔在我们家门前就好了……真的，扔在我们家门前就好了。"龙助真心实意地说，说了两遍。

"哥哥，"真一笑了，"那时的千重子跟现在可不一样。她当时刚出生，还是个婴儿呢。"

"是婴儿又怎么样？"龙助说。

"你是见了现在的千重子，才这么说的吧？"

"不是。"

"佐田叔叔把千重子当成掌上明珠，百般疼爱，才把她抚养成人。千重子有今天，多亏了佐田叔叔。"真一说，"那时，哥哥也是个小孩子。小孩子怎么能抚养婴儿呢。"

"能抚养。"龙助坚定地答道。

"哼，哥你总是特别自信，不爱服输。"

"也许是吧。不过，我真的很想抚养婴儿时的千重子。母亲肯定也愿意帮忙。"

千重子一下子清醒了，脸色变得煞白。

秋季举办的北野歌舞会将持续半个月。结束的前一天，佐田太吉郎一个人出门去了。茶馆送来的入场券当然不止一张，可太吉郎没心思邀任何人同去。连看完舞蹈回家途中同几个伙伴到茶馆玩玩，都觉得麻烦。

歌舞会开场前，太吉郎带着一副郁郁寡欢的神色来到茶席上。今天当班坐在那里负责点茶的艺伎，太吉郎也不认识。

艺伎身边站着七八个少女，排成一排，大概是帮忙端茶的。少女们都穿着鸨羽色^①的振袖和服。

只有正中间那位少女身穿蓝色振袖。

"咦！"太吉郎差点喊出声来。虽然脸上带着艳丽的妆容，但她——不就是那位被这烟花巷里的老板娘带去看"叮叮电车"，和太吉郎一起坐在车上的少女吗？只有她一人穿蓝色和服，或许是在担任什么角色吧。

蓝衣少女端来一杯薄茶，放在太吉郎面前。当然，动作是一板一眼的，也不会露出微笑。很合茶道礼法。

如此，太吉郎的心情反倒轻松多了。

这是一出八景舞剧，名叫《虞美人草图绘》，取材自中国，是一出悲剧，讲的是项羽和虞姬的故事，非常出名。然而，演完虞姬拔剑刺向自己胸口、被项羽抱在怀里、听着思乡的楚歌香消玉殒以及项羽随之战死沙场的情节后，下一幕，舞台却转向了日本，演起了熊谷直实和平敦盛以及玉织姬的戏。讨伐敦盛并得胜后，熊谷深感世事无常，遂落发出家。之后，当他在昔日战场上吊唁敦盛时，发现虞美人在坟墓周围绚烂盛开，亦有笛声入耳。此时，敦盛的鬼魂出现，请求熊谷把自己的青叶笛献纳给黑谷寺，玉织姬的鬼魂则要求把坟边的红色虞美人供奉在佛前。

---

① 鸨羽色是朱鹮飞羽下的颜色。它们展开翅膀在空中飞行时，才能观察得到。直观地说，是一种略带淡黄的淡粉，色彩情绪雅致又可爱。

这出舞剧演完后，还演了另一出热闹的新舞剧《北野风流》。

上七轩的舞蹈流派属于花柳派，同祇园的井上派有所不同。

从北野会馆出来后，太吉郎顺路去了一家老式茶馆，独自一人，呆呆地坐着。

"要不要叫个姑娘来？"茶馆老板娘问。

"唔，把咬人舌头的那位叫来吧。还有，那穿蓝衣的、给人端茶的姑娘呢？"

"坐'叮叮电车'那个？嗯，叫她过来打声招呼，这还是可以的。"

艺伎来之前，太吉郎一直在喝酒，因此，他故意起身走了出去。艺伎跟着他伺候着，他便问道："现在还咬人吗？"

"呀，记性真好。不咬啦，你试试？"

"我不敢。"

"真的，不咬啦。"

太吉郎把舌头伸出来。舌头被另一种温热又柔软的什么给吸住了。

太吉郎轻轻拍了拍艺伎的后背。

"你堕落了。"

"这就是堕落吗？"

太吉郎想漱漱口，清洁一下口腔。但是，艺伎站在身旁，不好这样做。

这是艺伎的玩乐方式，相当果断。在她们看来，这种举动瞬间就能完事，或许也没什么意义。太吉郎不讨厌这位年轻的艺伎，也不认为她是肮脏的。

太吉郎刚要折回客厅，艺伎一把抓住他，说道："等等。"

接着，她拿出手绢，揩拭太吉郎的嘴唇。口红沾在手绢上。艺伎凑到太吉郎跟前瞧了瞧，说："好，这就行了。"

"谢谢。"太吉郎将手轻轻搭在艺伎肩膀上。

艺伎留在盥洗室，站在镜前，补了补口红。

太吉郎返回客厅时，那里空无一人。他一连喝了两三杯冷酒，像在漱口似的。

尽管如此，艺伎身上的味道，或说艺伎身上的香水味，还是残留在了太吉郎的身上。他感到自己仿佛变年轻了。

尽管艺伎的调情方式出其不意，他还是觉得自己有些冷淡。大概是因为自己已经好久不和年轻姑娘嬉闹的缘故吧。

或许，这位二十上下的艺伎是个格外有趣的女子。

老板娘带着一个少女进了屋。少女依然穿着那身蓝色振袖。

"照您的吩咐，请她来了。我跟她说，只是过来打个招呼。您瞧，毕竟还是个小姑娘。"老板娘说。

太吉郎瞧了瞧少女，说："刚才，你在那边端茶？"

"是。"到底是茶馆里的孩子，并不认生，"我知道叔叔您是谁，所以才给您端茶。"

"哦，谢谢你啦，还记得我吗？"

"记得。"

艺伎也回屋来了。

老板娘对她说："佐田先生特别喜欢小千。"

"是吗。"艺伎看着太吉郎，说，"您真有眼力。不过，还得等三年哩。再说，来年春天，小千会去先斗町。"

"说是想当舞女。大概是憧憬舞女的风姿吧。"

"哦？想当舞女，在祇园当不就行了？"

"小千有位舅母在先斗町，大概是因为这吧。"

太吉郎望着少女，心想，无论去什么地方，这姑娘都能成为一流的舞女。

西阵织工业协会采取了前所未有的果断措施，决定十一月十二日至十九日这八天停止所有织机的运作。十二日和十九日是星期天，因此，实际停工六天。

停工的原因很多，一言以蔽之，毫无疑问，乃经济问题。即是说，生产过剩导致库存达三十万匹之多。停工八天，就是为了处理库存，考量如何改善交易。近来资金周转困难，也是一个重要因素。

从去年秋天到今年春天，西阵的采购中介相继倒闭。

据说，停机八天大约减产八九万匹布料。随后，由于减产带来了好结果，这政策也算颇为成功。

尽管如此，在西阵的纺织一条街上，特别是胡同里，一望即知，这些做纺织生意的人家多半是些家庭式小作坊。亏得他们能对这样的管制措施如此顺从。

这些低矮的小房子屋瓦破旧，屋檐很深，连成一片。就算有二楼，房子也很矮。胡同窄得像羊肠小道，显得更加杂乱无章。一片黯淡中，似乎能听到织机的咔嗒声。不全是自家的机器，大概也有租来的。

不过，据说，只有三十多家作坊申请了"免除停机"。

秀男家不织和服料子，一直都是织腰带的。三台高机，白天也开着电灯。安放织机的地方还算明亮，往里走还有空地。可是，房子很窄，分不清家里人在什么地方休息和睡觉，也不知道为数不多且形质粗糙的厨具都放在哪里。

秀男身强体壮，在织布上又有才能，且对工作充满热忱。不过，长年累月坐在高机那窄窄的木板上不停地织，没准屁股上已经结了厚厚的茧子。

邀苗子一起参观时代祭时，比起展示历朝历代服饰的巡行队伍，秀男对队伍身后的景色，即御所里那片苍翠松林更感兴趣。大概是因为那些树将他从日常生活中解脱了出来。这一点，苗子是体会不到的。因为她就在山里干活，在狭窄的山谷间劳作。

不过，自从苗子在时代祭系了自己织的腰带之后，秀男工作起来就更带劲了。

跟龙助和真一两兄弟去过大市之后，尽管谈不上极度痛苦，千重子还是时不时感受到一种心灵上的空虚。意识到这点时，她心想，这一定是焦虑在作祟。

"筹备年事之始"——十二月十三日这天已经过去了。京都的冬季，天气开始变幻莫测。天还晴着，阵雨的雨滴却在白昼日光下闪烁，有时还会雨雪交加。天晴得快，阴得也快。

十二月十三日这"筹备年事之始"，从这天起，京都人得为正月做筹备，这自不待言；年终互相送礼，乃是一种传统习俗。

忠实遵守这种规矩的，还得数祇园这类花街柳巷。

艺伎、舞女等人要到平日照顾她的茶馆、教歌舞弹唱的师傅家或辈分高的艺伎那儿去，随侍的男众负责分发镜饼。

接着，舞女们挨家道贺，说声"恭喜"，意思是承蒙眷顾，今年得以平安度过，来年请继续多多关照。

这一天，比平时打扮得还要花枝招展的艺伎和舞女来回穿梭，稍稍提前的岁暮氛围把祇园一带装点得华丽异常。

千重子家的店铺没有这样的华丽。

吃过早饭后，千重子独自上到二楼里间，打算简单地化个妆，可手却懒洋洋的，有一搭无一搭地动着。

龙助在北野那家甲鱼餐馆里说了一番话，慷慨激昂的，那些话一直在千重子心里翻腾。"要是婴儿时期的千重子被扔在我家门前就好了"，这句话，分量岂不是相当重？

龙助的弟弟真一与千重子是青梅竹马，二人的友情一直持续到高中。他性情温和，尽管千重子知道他喜欢着自己，可他从不像龙助那样说出这种令人窒息的话来。因此，他们相处得很自然。

千重子认真梳理她的长发，任它披散下来，下了楼。

早饭快要吃完时，北山杉村里的苗子给千重子打来电话。

"小姐，是你吗？"苗子确认了一下，"千重子，我想见你。老实说，有件事，我想和你谈谈。"

"苗子，我真挂念你啊。明天怎么样？"千重子回答。

"我随时都可以……"

"到我店里来吧。"

"请原谅，这我不能去。"

"你的事，我已经告诉过母亲了。父亲也知道了。"

"还有店员在吧？"

"……"千重子沉思片刻，说道，"那么，我到你村里去。"

"村里特别冷。不过，你能来，我当然高兴。"

"顺便看看杉树。"

"看杉树呀。山里不但冷，兴许还会下阵雨，多做点准备。不过，火堆之类，倒是可以尽情地烧。我在路边干活，你来了，我马上就能知道。"苗子爽朗地回答。

冬之花

千重子穿上了长裤和厚厚的毛衣。她从没有像这样打扮过。厚袜子也很花哨。

父亲太吉郎在家，因此，千重子跪坐在他面前，向他问好。太吉郎见千重子极其稀奇地打扮成这样，不禁睁大了眼睛。

"这是要上山？"

"是。北山杉村那孩子说想见我，好像有什么事要跟我说。"

"是吗。"太吉郎毫不犹豫地叫了一声，"千重子！"

"在。"

"那孩子要是有什么困难或心事，你就把她带到咱家来，我收养她。"

千重子低下头。

"挺好。能有两个女儿，我和你妈都会高兴的。"

"爸爸，谢谢您！太谢谢您了！"千重子弯腰行礼，温热的热泪滴落在大腿上。

"千重子，我们把你从一个吃奶的小婴儿拉扯成大姑娘，含在嘴里怕化了，捧在手里怕摔了。对那姑娘，我们尽量做到一视同仁。她长得像你，那就一定是个好姑娘。带她来吧。二十年前，双胞胎不受人待见，现在无所谓了。"父亲说。

"阿繁！阿繁！"太吉郎呼喊妻子。

"爸爸，您的好意，我铭刻于心。不过，苗子不会到咱家来的。"千重子说。

"那是为什么呢？"

"她大概不愿意妨碍我追寻幸福，哪怕是一星半点。"

"怎么能说是妨碍呢？"

"……"

"怎么能说是妨碍呢？"父亲又说了一遍，歪了歪脑袋。

"今天也是。我对她说，爸妈都知道了，请你到店里来吧。"千重子有些哽咽，"她却顾忌着店员和街坊……"

"店员算什么！"太吉郎终于提高了嗓门。

"爸爸的心意，我明白。今天先由我去说说看。"

"好吧。"父亲点点头，"路上当心。还有，可以把爸爸刚才的话转告给苗子。"

"好的。"

千重子穿上雨衣，戴上兜帽，换了一双橡胶雨鞋。

早上那会儿，中京的天空还一片晴好，可不知什么时候，天阴下来了，北山说不定在下阵雨。即使站在城里，也能望见那般天色。要是京都没了这一座座优美的小山峦，说不定能清楚地看到远方下雪的模样呢。

千重子乘上国营公共汽车。

北山杉村所在的中川北山町有国营和市营两种公共汽车。市营公共汽车开到京都市（已经扩大）北郊的山岭处就折回，国营公共汽车则一直通到遥远的福井县小浜一带。

小浜坐落在小浜湾的岸边，从若狭湾向前伸展，伸向日本海。

可能因为现在是冬天，公共汽车上乘客不多。

两个结伴而行的男青年目光炯炯，盯着千重子看。千重子有点害怕，赶紧拉起兜帽。

"小姐，行行好，请不要用那种东西把脸蒙起来。"这人用跟年轻人不相称的沙哑声音说道。

"喂，闭嘴！"另一个青年说。

对千重子提要求的年轻人戴着手铐，不知犯了什么罪。坐他旁边的男人可能是个刑警。大概是要翻过这深山老林，把犯人押送到什么地方去吧。

千重子不能摘下兜帽让他们看见自己的脸。

公共汽车开到了高雄。

"这还是高雄吗？"有个乘客问。不至于认不出。枫叶已全部落尽，树梢的细枝上带着冬的气息。

栂尾山下的停车场里，一辆车都没有。

苗子身穿工作服，到菩提瀑布公共汽车站来迎千重子。

千重子打扮成这样，她没认出来。不过，下一秒她就打了招呼。

"小姐，欢迎你。劳烦你跑来这山沟沟，真是太感谢了。"

"不至于到深山老林的地步嘛。"千重子没摘手套，握住苗子手，说道，"真高兴！上次见还是夏天那会儿呢。在杉林里替我挡雨，太感谢了。"

"那点事，算不了什么。"苗子说，"不过，要是当时落雷真劈在咱俩身上，可就不好说了。能和你那样待着，我很高兴。"

"苗子，"千重子边走边说，"你给我打电话，一定有什么急事吧？先说说这个嘛。不然，安不下心来聊天。"

"……"苗子依然穿着工作服，头上包着头巾。

"到底发生什么事了？"千重子又问。

"其实，是秀男向我求婚，我想同你商量，所以……"说着，苗子脚下一趔趄，她一把抓住千重子。

千重子抱住摇摇晃晃的苗子。

苗子每天都干活儿，身体很健壮，可是，夏天那会儿打雷时，千重子吓得要命，没有留意过这些事。

苗子很快站稳脚跟。可是，被千重子拥着，她似乎很高兴，没有出言阻止千重子，索性依偎着千重子走起路来。

不知不觉间，搂着苗子的千重子反倒更加依赖起她，紧贴着她。不过，两位姑娘都没有意识到这点。

千重子把兜帽拉起来，问道："苗子，你是怎么回复秀男的？"

"回复……？我总不能当面就给答案呀。"

"……"

"他把我认成你了——虽然现在不会再认错人，但在秀男心里，你才是那个被深深惦念的人啊。"

"哪有这种事。"

"不，我有自知之明。即使不认错人，他跟我结婚，也只是想得到一个替身罢了。秀男大概把我看作了你的幻影。这是第一点。"苗子说。

千重子想起这样一件事来——今年春天，逛完郁金香盛开的植物园，返家途中，在加茂川堤岸上，父亲曾就要不要招秀男为婿的事，试探过母亲的口风。

"第二点，秀男家是织腰带的，"苗子语气强硬起来，"如果因为这件事使得你家的店铺和我产生了联系，给你添麻烦，甚至让你遭受街坊邻居的白眼，那我真是罪该万死。我真想躲到更深更远的深山老林里去……"

"你就是这样看的吗？"千重子摇了摇苗子的肩膀，"今天，出门之前，我跟父亲好好做过报备了，说要上你这儿来。母亲也很理解。"

"……"

"你猜我父亲怎么说？"千重子晃着苗子的肩膀，更加用力，"他说：'你告诉苗子姑娘，要是她有什么困难和苦恼，就把她带到咱家来。你是按亲生女儿的名头入了我的户口，对那姑娘，我们尽量做到一视同仁。千重子，你一个人，怪寂寞的。'"

"……"

苗子摘下系在头上的头巾，说了声"谢谢"，捂住脸。

"我打心眼里感谢你们。"

好一阵子，她说不出一句话。

"我一个人生活，确实没有可以依靠的人。我很寂寞，但我忽视了这一点，拼命干活。"

为缓和苗子的激动情绪，千重子说："关键是，秀男那边，你打算怎么办？"

"这么大的事，我没办法立刻回复他。"苗子哽咽了，望着千重子。

"来，给我。"千重子用苗子的手巾替她擦拭眼圈，擦了脸颊，"满脸泪痕，能进村吗？"

"没关系。我这人性格倔强，干起活来比谁都勤快，就是爱哭。"

千重子给苗子擦脸时，苗子把脸贴在千重子胸前，反而抽泣得更厉害了。

"这叫人如何是好？苗子，听着多凄凉，别哭啦。"千重子轻轻拍了拍苗子的后背，"再这样哭下去，我要回去喽？"

"不，别走！"苗子一惊，从千重子手里取回自己的手巾，使劲擦了一把脸。

幸亏是冬天，人们看不出她哭过，不过是眼睛有点红罢了。苗子将头巾戴得低低的。

二人默默无言，走了一段路程。

经过整枝后，北山杉竟连枝丫都不剩了。在千重子看来，那修成圆形的、残留下来的叶片，就像一朵朵开在冬天的绿花，十分淡雅。

千重子觉得此刻时机正好，便对苗子说："秀男不但能自己设计好看的腰带图样，织功也扎实，是个正经人。"

"是，这我知道。"苗子答道，"邀我去参观时代祭时，比起看展现历代服饰的巡行队伍，他好像对巡行队伍的背景更入迷，一直在看御所里的苍翠松树和东山那边的颜色变化。"

"时代祭的队伍，秀男可能看腻了吧。"

"不，好像不是因为这个。"苗子断言道。

"……"

"巡行结束后，他执意请我到家里去。"

"家里？是去秀男家吗？"

"是啊。"

千重子有些吃惊。

"他还有两个弟弟。他领我去看后院的空地，说，要是将来两人一起生活，可以在空地上盖间小屋，尽量织些自己喜欢的东西。"

"这不是挺好吗？"

"挺好？秀男把我看作你的幻影，所以，想和我结婚。我是女孩子，这一点，我很清楚。"苗子又重复了一遍。

千重子不知该如何回答，她边想边往前走。

在狭窄山谷旁的小山谷里洗刷杉树圆木的女工们正在休息，她们围坐成一圈，烤火取暖。篝火带起阵阵烟雾。

苗子走到自家门前。说是家，不如说是个小窝棚。茅草屋顶年久失修，已然歪歪斜斜，并不平整。不过，因为是乡间小屋，好歹有个小院。院子里的野生南天竹蹿得高高的，结着红色的果实。七八棵南天竹枝茎纠缠在一起，长得杂乱无章。

然而，这座寒酸的房子，也许就是千重子小时候的家。

走过这座房子时，苗子的泪痕已经干了。面对千重子，是该说"这就是我们的家"好，还是不说好？千重子是在母亲的老家出生的，恐怕并没有在这座房子里住过。苗子也一样，还是婴儿时，母亲就走在父亲前头，所以，连她也已经记不清到底有没有在这里住过。

幸好千重子没注意到这座破房子。她抬头仰望杉林，又端详并排摆放的杉树圆木，径直走了过去，苗子也就没有提及这所房子。

异常笔直的杉树树干顶端，稍呈圆形的杉树树叶挂在枝梢。千重子把杉树树叶看成"冬之花"——如此想来，也的确是冬之花。

大部分人家的房檐下和二楼上都晾晒着一整排剥过皮也洗刷干净的杉树圆木。一根根白色圆木脚下对齐，整整齐齐地站成一排，立在那里。光是这一景象，已经很美了。或许比任何一堵墙壁都要美得多。

杉林里也是，树下丛生的杂草已经枯萎。杉树树干笔直笔直的，且粗细均匀，姿态很美。透过树干间那斑驳的缝隙，还可以窥见天空的颜色。

"还是冬天美。"千重子说。

"可能是吧。我看惯了，倒也分不出。不过，冬天的杉树树叶看着确实带点淡淡的芒草色。"

"多像花啊。"

"花？像花？"苗子似乎颇感意外，抬眼望着杉林。

走了没多远，就看见一座古雅的房子，估计是这村子里拥有林地的大户人家。围墙有些低矮，下半部分镶木板，漆成红褐色。上半部分是带小屋顶的白墙，屋顶铺瓦片。

千重子停下脚步，说道："这间房子真好。"

"小姐，这就是我寄居的人家。进屋坐坐吧。"

"……"

"不要紧的。在这儿，我已经住了快十年了。"苗子说。

与其说秀男把苗子当作千重子的化身，不如说是当作了千重子的幻影，所以，才要跟苗子结婚。这话，千重子已经听苗子说了两三遍。

说成"化身"，自然能明白。然而，"幻影"到底指什么呢？特别是，作为结婚对象来论。

"苗子，你总说幻影幻影的，这幻影，到底指什么呢？"

千重子严肃地说。

"……"

"幻影，不是手摸不到的、无形的东西吗？"千重子继续说着，突然涨红了脸。不单单是脸，恐怕，苗子全身上下各个部分都像自己。她即将属于某个男人了。

"倒也是。不过，无形的幻影确实存在。"苗子答道，"幻影，也许就隐藏在男人的心里、脑子里，或其他什么地方。谁能说得清呢？"

"等我变成六十岁的老太婆时，幻影中的你或许还是和现在一样年轻。"

这话令千重子感到意外。

"你连这样的事都想到了？"

"人对美丽的幻影，不会有厌倦的时候吧。"

"那也不见得。"千重子终于挤出一句回话。

"幻影是不能践踏的。践踏了，只会自食恶果，不是吗？"

"唔。"千重子看出苗子也有妒忌心，不过，还是说道，"幻影这东西，真的存在吗？"

"在这儿。"说着，苗子按了按千重子的胸口。

"我不是幻影，是你的孪生姐妹。"

"……"

"难不成，你跟我的灵魂做了姐妹？"

"瞧你说的！我当然是跟你做姐妹啦。不过，唯独在秀男的事情上……"

"你太多虑了。"千重子说完这句，微微低下头，走了一段路，又说，"找个时间，咱们三人推心置腹地谈谈好吗？"

"谈些什么呢？话有真心的，也有违心的……"

"苗子，你这么难相信别人吗？"

"倒也不是。不过，我也有一颗少女心啊！"

"……"

"周山那边来雨了，北山估计也要下。山上的杉树也……"

千重子抬起头。

"咱们赶紧回去吧，看样子，要下雨夹雪。"

"以防万一，我带着雨具来了。"

千重子脱下一只手套，把手让苗子看："这样的手，不像小姐吧？"

苗子吓了一跳，连忙用自己的双手攥住千重子那只手。

不知不觉间，下起了阵雨。别说是千重子，或许连在这村子长大的苗子也没留意到雨是什么时候开始下的。不是小雨，也不是毛毛雨。

听苗子一说，千重子抬头环视了一遍四周的群山。山峦冷冰冰的，像是蒙上了一层雨雾。挺立在山脚下的杉树，反而显得更加清晰。

不知不觉间，小小的群山仿佛被雾霭笼住一般，渐渐失去了轮廓。就天空的模样来说，这种景象同春霭自然是有区别的。应该说，眼前的景象更具有京都特色。

再看看脚下，地面上已有些潮湿了。

不一会儿，群山笼上了一层淡灰色。笼住它们的，似乎是雾。

雾霭渐浓，终于顺着峡谷落下来，还掺着一点白色的物质。雨夹雪来了。

"快回去吧！"苗子对千重子说。之所以这么说，是因为她看到了这种白色物质。那不能叫雪，是雨夹雪。但是，这种白色的东西时而消失，时而又多起来。

千重子也是京都姑娘，因此，北山的阵雨并没有什么好稀奇的。

"趁冷冷的幻影还没结成，赶紧回去。"苗子说。

"又是幻影？"千重子笑了，"我带雨具来啦。冬天的京都天气变幻无常，也许会停呢？"

苗子仰望天空，说道："今天还是回去吧！"

她紧紧攥住千重子的手。那只脱下手套让她瞧的手。

"苗子，你真的考虑过结婚吗？"千重子说。

"想过一下下。"苗子答道。

随后，她怀着真挚的感情，把千重子脱下的那只手套给她戴上。

戴上手套时，千重子说："到我店里来一趟吧。好吗？"

"……"

"来嘛！"

"……"

"等店员回家后，就过来。"

"夜里去？"苗子吓了一跳。

"请在我家过夜。你的情况，我父母都很了解。"

苗子的眼中露出了喜悦的神色。不过，她在犹豫。

"我想和你睡在一起，哪怕一晚也好。"

像是不想让千重子看见，苗子把脸转向路旁，偷偷抹眼泪。千重子怎么可能看不见呢。

千重子回到了室町大街上的铺子里。这一带也阴沉沉的，但没有下雨。

"千重子，你回来得正是时候，赶在下雨前。"母亲阿繁说，"你爹在里屋等着你啊。"

千重子跟父亲打招呼，父亲还没听完，就迫不及待地问道："那孩子的事怎么样了，千重子？"

"哎。"

千重子不知该如何回答。三言两语，很难说清。

"怎么样了？"父亲再次追问。

"唔。"

苗子那番话，千重子本人也是听得似懂非懂。苗子说，其实，秀男想和千重子结婚。由于不能如愿，只好死了心，转向跟千重子一模一样的苗子，说想跟她结婚。苗子那颗少女心，敏锐地察觉到了这点。随后，她和千重子说了一通奇特的"幻影论"。难道秀男真的要用苗子来慰藉他渴望千重子的心情吗？如果真是这样，那就不完全是秀男自负了。

可是，事情或许不尽然。

千重子不好意思正视父亲的脸，她羞得几乎连脖子都红了。

"那位苗子姑娘心心念念的，就只是想见你一面？"父亲说。

"是啊。"千重子猛地抬起头，"她说，大友先生家的秀男向她求婚了。"

千重子的声音微微发颤。

"哦？"

父亲瞧了瞧女儿的脸色，沉默半晌。他仿佛看透了什么，但没有说出来。

"是吗，和秀男……？跟大友家的秀男结婚也不错。真的，缘分这玩意儿，很微妙的。这同你也有关系吧？"

"爸爸，我觉得她不会和秀男结婚的。"

"哦？为什么？"

"……"

"为什么呢？我觉得很好嘛。"

"嗯，是不坏。爸爸，您还记得吗？在植物园，您问过我，跟秀男凑成一对儿行不行。这件事，那姑娘全都知道。"

"啊？她怎么知道的？"

"还有，秀男家是织腰带的，她好像觉得秀男家同咱家多少有点生意往来。"

父亲感慨万千，沉默了。

"爸爸，让她到咱家来过夜吧。只住一晚也好。求您了！"

"当然可以，这点事算什么呢。我不是说了吗，就是收养她，也是可以的。"

"她是不会搬进来的。她只愿住一个晚上……"

父亲用怜爱的目光望着千重子。

耳边传来母亲拉挡雨板的声音。

"爸爸，我去帮妈的忙。"说着，千重子站起身。

阵雨敲打在房顶的瓦上，几乎听不到声响。父亲一直坐在那儿，纹丝不动。

水木龙助和真一兄弟俩的父亲邀请太吉郎到圆山公园里面

的左阿弥饭馆吃晚饭。冬季日短，从高高的饭馆房间里俯瞰这座城市，街灯都已点亮。天空一片灰蒙蒙，没有晚霞。除开点点灯火外，街上同天空一个样，也显得阴沉沉的。京都的冬天，就是这种景色。

龙助的父亲是个坚强又可靠的人。作为一家之主，他能够使开在室町的大型和服批发商铺生意兴隆。可今天，他像有难言之隐似的，讲话拖泥带水，尽扯些无聊的市井闲话来打发时间。

"其实……"他借着酒兴抛出话题。倒是平素优柔寡断的，或说经常流露出厌世情绪的太吉郎，已从水木的话里猜出了几分意思。

"其实……"水木吞吞吐吐地说，"龙助是个愣头青。这事儿，你已经从令爱那里听说了吧？"

"对。我这人虽然不中用，但能理解龙助的一番好意。"

"是吗。"水木如释重负，"那小子很像我年轻的时候，说干就干，谁劝也不听，真叫人伤脑筋。"

"我倒是很感谢他。"

"是吗？你这么说，我就放心了。"水木果然放下心来，"请不要与他计较。"

说完，他恭恭敬敬地行了一礼。

太吉郎店铺生意日渐萧条，可由一个同行，且不过是个年轻人过来帮忙，实在有失体面。以两家铺子的规模来论，就是说成见习，也该是倒过来的。

"我倒是很感谢他。"太吉郎说，"贵店要是没了龙助，恐怕也不好办吧？"

"哪里。在生意上，龙助还是个新手，嫩着呢。这话由一个当父亲的说出来未免那点那个，不过，这孩子办事倒也牢靠。"

"是啊，一到敝店来，他立刻换上一副严肃的表情，坐在掌柜的面前，可把别人给吓住了。"

"他就是这么个脾气。"水木说完，默默地喝了几口酒。

"佐田先生。"

"嗯？"

"哪怕不是每天都上门，要是能让龙助去贵店帮忙，他弟弟真一就会慢慢可靠起来，我也就省事了。真一是个性情温顺的孩子，直到现在，龙助还动不动就喊他'童女'之类的，他最讨厌听这个，因为小时候坐过祇园祭上的花车。"

"他长得很俊，和小女千重子是青梅竹马。"

"关于千重子小姐……"

水木又词穷了。

"关于千重子小姐，"水木重复了一句，用简直像生了气似

214

的口吻说道，"你是怎么养育出这么一个漂亮的好姑娘的?！"

"这不是父母的本事，是孩子的天性。"太吉郎直言相告。

"我想，你是知道的，你我这生意，干的是同一码事。龙助想去贵店帮忙，说实在的，是因为他希望待在千重子小姐的身旁。哪怕半个小时，一个小时也好。"

太吉郎点点头。水木揩了揩额头上的汗，那额头，跟龙助的额头很像。

"这孩子虽然性格不像话，但干起活来还可以。我无意强求，不过，要是有朝一日能得到千重子小姐的垂青，真发展成那样，恕我冒昧，能不能考虑收他做养子，当个上门女婿呢?我家的生意，就没他继承的份儿了。"说着，水木低头恳求。

"过继?"太吉郎吓了一大跳，"你要把大批发商的继承人过继给我?"

"这就是人生之不幸啊。看着龙助近来的样子，我才这么想的。"

"感谢你的厚爱。不过，这种事，还得按两个年轻人的感情发展情况来定。"太吉郎没有正面回应水木的强烈要求，"千重子是个弃儿啊!"

"弃儿有什么关系?"水木说，"嗨，我说这些，是想让你心里有个数。那么，让龙助到贵店帮忙一事，妥了吧?"

"行。"

"谢谢，谢谢。"水木仿佛全身都畅快起来，连喝酒的样子都与之前不同了。

第二天早上，龙助立马来到太吉郎的店里，把掌柜的和店员召集在一起，清点起存货——漆线刺绣面料、白绸、花朵刺绣缩缅、一越缩缅、纶子、御召缩缅、铭仙、裲裆、振袖、中振、留袖、锦襕、缎子、高级印染面料、会客礼服、腰带、和服衬里、搭配和服的各式配套品等。

龙助只是看了看，什么话也没说。掌柜的因上次的事，在龙助面前有些拘谨，头都没抬起来过。

大家挽留龙助，可龙助还是在晚饭前回家了。

入夜后，苗子来了。嗒嗒两声，她敲了敲格子门。这敲门声，只有千重子听见了。

"呀，苗子，你来啦。太阳一落天气就变冷了呢。"

"……"

"不过，星星都出来了。"

"千重子，你说，该怎么跟令尊令堂打招呼才好呢？"

"我早就跟他们说明白了，你只要说'我是苗子'就行。"千重子搂住苗子的肩膀，把她往屋里请，边走边问，"吃过饭了吗？"

"我在那边吃过寿司才来的，你别忙活。"

苗子很懂规矩。千重子的双亲看见她，惊得目瞪口呆，想

216

不到世上竟有长得这样像自己女儿的姑娘。

"千重子，你们俩到二楼里间去，好好聊聊吧。"还是母亲阿繁懂得体贴人。

千重子拉着苗子的手穿过狭窄的走廊，上到二楼里间，打开暖炉。

"苗子，你来。"千重子把苗子叫到穿衣镜前，直勾勾地望着镜中的两张脸。

"多像啊！"千重子觉得有一股暖流在心中流淌。她跟苗子左右对调，又看了看，"简直一模一样！哎。"

"本来就是双胞胎嘛。"苗子说。

"要是所有人都生双胞胎，会怎么样呢？"

"会一个劲地认错人。那不是很糟糕？"苗子后退一步，眼睛湿润了，"人的命运可真难预料啊。"

千重子也后退一步，站到苗子身边，使劲摇晃着苗子的双肩，说道："苗子，在我们家一直住下去不行吗？爸爸妈妈也希望你能留下来。我一个人，太孤单了。虽然我不清楚住在杉林里是不是很快活。"

苗子摇晃了一下，像站不稳似的。她跪坐了下来，随后，摇摇头。这一摇头，眼泪差点落在她膝盖上。

"小姐，我们的生活方式不同，个人修养之类的地方也不一样。我住不了室町这种地方，只要到你店里来一次，我就满足了。一次就行。你送我的衣裳，我也想穿给你看。还有，你曾经两次光临杉林，过来看我。"

"……"

"小姐，还是婴儿时，我的双亲选择抛弃你。虽然我不知道这是为什么。"

"这点事，我早就忘记了。"千重子满不在乎地说，"如今，我根本不在意有没有这样的父母。"

"我想，或许爸妈已经得到报应了。那时我也是个婴儿，请别见怪。"

"你又有什么责任和罪过呢？"

"是没有，但之前也讲过，我不想妨碍小姐你寻找幸福，哪怕是一星半点。"苗子压低嗓音，"我想过，干脆远走他乡算了。"

"不要，别这样！"千重子语声坚定，"总觉得，这个世界好不公平。苗子，你是觉得不幸福吗？"

"不，我觉得很孤单。"

"或许，幸运是短暂的，孤单却是长久的吧。"千重子说，"咱们躺下，我想跟你好好聊聊。"千重子从壁橱里搬出铺盖。

苗子帮着她搬，边铺边说："这就是所谓的幸福吧？"

说罢，她竖起耳朵，倾听屋顶上的声音。

见苗子侧耳倾听，千重子问："阵雨？雨夹雪？还是夹杂着雨雪的阵雨？"说着，自己也停下手来。

"不知道是哪种，可能是淡雪吧。"

"雪……？"

"好安静啊。不算雪的雪。真的是淡雪，小得像粉末。"

"嗯。"

"山里有时会下这样的淡雪。我们在劳动，不知不觉间，杉树的叶子上落了一层白，像一朵朵白花。冬天的枯树上，那可真是，连细细的树梢最末端都带着白色，好看极了。"苗子说。

"……"

"有时很快就不下了，有时马上变雨夹雪，有时又变成阵雨。"

"打开挡雨板瞧瞧，好不好？看一眼就明白了。"千重子刚想起身走过去，苗子一把抱住她："别去。怪冷的，再说，会有种幻灭的感觉。"

"幻呀幻的，苗子，你常说这个字呢。"

"'幻'吗？"

苗子那美丽的脸上绽开微笑，流露出一丝淡淡的哀情。

千重子刚要铺床，苗子连忙说：

"千重子，你的床铺，让我来铺一次，好吗？"

然而，千重子不发一言，默默钻进并排铺着的被窝里。她进的是苗子的被窝。

"啊！苗子，你身上好暖。"

"毕竟工作性质不同，住的地方也不一样。"

接着，苗子紧紧搂住千重子。

"这样的夜晚，总是很冷呢。"苗子似乎一点也不觉得冷，"粉雪纷纷扬扬，一会儿停，一会儿又开始下。今晚……"

"……"

父亲太吉郎和母亲阿繁好像也上了楼，去了隔壁房间。由于上了年纪，他们在用电热毯暖床。

苗子凑到千重子耳边，悄悄耳语："你的铺盖已经暖和了，我到旁边去。"

那之后，母亲把隔扇拉开一条小缝，瞅了瞅卧室里的两个姑娘。

翌日清晨，苗子一大早就爬起来，把千重子摇醒。

"小姐，这是我一辈子最幸福的一晚。趁没人瞧见，我回去了。"

正如昨晚苗子所说的那样，真的下过粉雪。雪半夜开始下，时下时停，现在依然簌簌下落。一个寒冷的清晨。

千重子坐起身。

“苗子，没带雨具吧？你等着。”说完，千重子把最好的天鹅绒大衣、折叠伞和高齿木屐都给了苗子。

“这是我送你的。希望你再来啊。”

苗子摇摇头。千重子抓住红格子门，长久伫立着，目送苗子远去。苗子始终没有回头。粉末一样的雪粒落在千重子的额发上，很快就消融了。街道一如往日，依旧静静沉睡着。

　　"凌晨四点醒来，发现海棠花未眠"。

　　这个句子，若在"网络美文"之类的推荐帖里读到，多半会混迹于一些节奏柔和的语句中，成为一种单纯的罗列；然在懂其出处的人心里，它出自何人笔下，又抒发了怎样一种情感，是很清楚的。

　　川端康成说，海棠花未眠。译者喜白色花，也曾在失眠的凌晨两点零六分欣赏一朵悄悄开放的小茉莉，因此，这种邂逅美并因美生发感叹的心理，十分能够与之共鸣。正如有句话这样说道：

　　In short, Beauty is everywhere. It is not that she is

lacking to our eye, but our eyes which fail to perceive her.

——Auguste Rodin

简言之，美无处不在。不是她不存在于我们眼中，而是我们的眼睛疏于感知她。这是法国雕塑家奥古斯特·罗丹对美的见解。听起来似乎有些抽象。该怎样理解这句话呢？借用阿瑟·柯南·道尔爵士在 1891 年写就的《波西米亚丑闻》中的一言，即夏洛克对华生说过的一句话 "You see, but you do not observe"，看见，指某个物体或某种现象闯入视网膜，这是第一层；观察，指在此基础上调用全身感官去扫描去测量，去分析去理解，获取信息，收集数据，这是第二层。以此为分水岭，偏重理性的侦探先生会带着思考走向判断，得出一种结论；偏重感性的文人墨客则多半携带情感拥抱感知，渲染一种情绪。因此，以译者愚见，美之一字行至最后，实为一种情绪。我们尽可以用世俗规则来描述来定义它，发表"如此这般，就算是美"或"美即如此这般"等观点（瞧，下一句就应验），但在东方语境下，莫如说，美是机缘的映照，美是一种纯粹的邂逅。这可能是浸染过东方文化的人才能瞬间领悟的概念。就说川端康成的文字吧，你可以说它美，也可以说它不美。它存于世上，正好比在某个枝头上安静绽放的花朵。它和其他作家笔尖带出的花朵相比，或就与自然界中竞相绽放的海棠、茉莉或任何一种花朵相比，客观上说，都没有不同。唯有它闯入你的视网膜、引起你的观察兴趣、使你生出一种情绪时，它才在你心中真实且鲜活起来。你意识到了它，正如它意识到了你对它产生了意识。彼时，作家的心灵之花与读者的意识之花穿越时空彼此映照，恍如隔镜相视。

然而，这镜中花，并不总能轻松重叠在一起，使美显现。试举一例说明。

「柳は緑、花は紅、柳は緑、花は紅（柳绿花红真面目，万物静观皆自得）。」

「柳は緑ならず、花は紅ならず、御用心、御用心（柳未必绿，花未必红，有相虚妄，当心当心）。」

这个译法最终没有出现在定稿中。意译过重，自觉不妥，遂修改之。带有饶舌节奏的小句子，读来轻快，出自《春景》一文。1927~1930年间，这篇分成六个章节的短篇小说问世，藉由窥探一位画家在作画心情上的转变，即在写实主义与表现主义之间的摇摆，带出"新感觉派"这一框架中的主张。"柳绿花红"本是一句禅语，"万物静观皆自得"便是顺着前句推出的。这一句，出自北宋理学的奠基者程颢笔下。举凡有形事物，应观其自然之色并加以歌颂——大约是这个意思。而这个，接近正冈子规之徒高浜虚子"对于俳句，应实时素描，客观写生"的理念。可以说，这一派，强调的是注重眼前之物，提倡以实景来幻化悟性，不提倡以虚说虚。同样，下一句中的"有相虚妄"夹在警语"柳未必绿花未必红"和"当心"之间，也属于拓展解说。"相"这个字在上一句里提示的是尊重自然的重要性，在这一句里，则提示人不可过分着相只观外在却忽略了事物的本质及潜藏的危机。这一派，希冀人们以心相作为出发点去理解眼前的事物，重主观，重感受，重内省。这两派，不因这两句话立场上的相左而必须处于互相抵触的境地。依译者愚见，这篇小说，旨在推动读者思考主客一体化这命题。最终一没一体化并不打紧，重要的是，肯思考。这两句话如同镜像一般立于彼处，而作家与读者之间能否产生连接，使镜中花也浮现于彼处，译者要负大半责任。意译固然能够点出其深层用意，然这两句到底不是诗词，在他人而言，那样处理算不算剥夺他人的思考权利呢。毕竟，抛开译者这角色，我也是一个读者。读者之一的我与读者之一的谁，若仅因我额外还有一层身份就在天平这端的砝码上加了一锭，处于中立位置的镜子就会被打破，届时，镜中花的美，又该去何处寻觅？

再举一例。

有些用词，技术上能做出转换，意境上却不易构建相同的画面感，因为这类词汇本身具有流动性，表现的是重叠或变化的概念。捕捉这种带有画面感的词语时，人的双眼更像一台摄影机，而非照相机。如《蚂蚱与金琵琶》一文中开篇即提到的「葉桜」一词，它描述的是樱花散落后嫩绿新叶几乎覆满枝头但仍有些许花瓣不愿离去的状态。即是说，抬头仰望的瞬间，大片新绿与零星柔粉共存于视野中，夏日来临。在俳句中，叶樱是初夏季语，而非春之季语。这样的一个词，保留写法另作注释也是一途，但与上一例做减法不同，此处做了加法。"花朵堪堪凋谢嫩叶已然萌生的樱树"虽因场景发生在夜晚以致"黑漆漆的"，却明示出故事发生在季节交替时，揭示了它进入"我"眼帘时的客观状态，规避了"也许是夜樱的误用"或"可能是某种樱树的学名"等误解。读者能否通过此一描述，与作者共享视野，同步感受到带有流动性的季节感呢？这种美，能否像"海棠花未眠"那样带给人怦然心动的感受呢？进一步说，这棵暗暗的樱花树，是否能与唧唧虫鸣声、河畔青草香、绽放五颜六色的光芒的手提灯笼以及快乐嬉戏的少男少女们汇聚在一处，共同勾勒出一副清新美好的水彩画作呢？自然环境中的风雅就在镜之彼端展开，它在等待一双善于发现的眼睛，等待一个安放敏感的心灵。能否通过文字搭建出这面供人穿越的镜子，于译者而言，十分重要。

与上述两例不同，有一类词语，既没有对它做减法也没有对它做加法，而是尝试将它就地拆解变更，使之符合当前语境，好比歌舞伎表演中的快速换装。

日语中的「映画」即"电影"，它的旧称是什么呢？「活动写真」。电影院则被称为「活动小屋」。

> 子时已过，我走出小客栈。姑娘们送我出门，舞女为我摆好木屐。她从门口探出头来，眺望明亮的夜空。
>
> "啊，月亮出来啦。……明天到下田，可真高兴。要给宝宝做七七，阿妈会给我买新发梳，还有好多好多事要做呢。您带我去看影戏，好不好？"

最后一句，原文是「活动へ連れて行ってくださいましね」。其中的「活动」，即「活动写真」的简称。

二十岁的"我"与十四岁的小舞女经过三天相处，心上的距离更近一步，于是，舞女带着真挚的感情，提出这一请求。本来，相较"我"这样社会地位较高的读书人，作为娱乐大众之底层人物的江湖艺人一般不会把自己摆在与世人对等的位置上，产生想要和"我"一起赴约的意识，但这，或许就是所谓的情窦初开吧。川端康成在大正七年即 1918 年独自一人到伊豆旅行，邂逅真实存在的小舞女，1926 年即大正十五年也是昭和元年，《伊豆的舞女》写成，发表在《文艺时代》上。在此期间，「活動写真」这个词汇伴随时代的发展，是一直存在的。1888 年，movie ╱ film 于技术层面上诞生；1895 年，法国的卢米埃兄弟改良并发明了电影放映机 cinématographe 并将其推向全世界；1896 年，这种艺术形式传入日本。随后，虽在 1917 年前后跟随世界潮流将相应的日语词汇定为「映画」，但直至 1935 年即昭和十年，民间依然有人使用「活動写真」一词来指代电影，文学作品等能够记录时代变迁的资料中也展现了这一面。这或许是因为，与之对应的英语词组 motion picture ╱ moving picture 亦从未自人们的脑海和记忆中消去。川端康成作为横跨大正与昭和两个时代的小说家，无论是他本人还是他笔下的人物，于细微处稍稍带些古旧气息，应该不会予人不自然的感受，尤其是像舞女这样"梳着一种我叫不上名字的、样式古典又奇特的大发髻"的人。因此，较之"我想看电影"这种与现代人别无二致的说话方式，"我们去看影戏"这样的台词，或许更符合她的整体格调。

其实，「映画」也好「活動写真」也罢，就算一股脑儿都译成"电影"，想来亦无不可。但译者每常思考，深感翻译文学性极高的作品时，比起"译了什么"，或许"怎么译的"更重要一些。这不单单是立足自身学无止境层面上的长远追求，同时，与作者倾毕生精力字斟句酌意义等同，译者作为翻译工具人的最大存在价值，就是表现出字句背后的写作心境和时代风貌，即作者创造出的文学价值和艺术价值。

《雪国》一文中，聆听驹子弹奏三味线的岛村被她的琴音"震慑住了"，他甚至"气力尽失，只能乖乖接受驹子那艺术之流的牵引，愉快地投身于那股洪流中，尽情漂流。除此之外，别无他法"；兼作戏院的茧仓失火时，自二楼坠落的叶子"内在生命在变形"，同时，"银河仿佛哗地一声，向岛村的心坎上倾泻下来"，这样的时刻，是美的。

《古都》一文中，苗子与千重子在祇园祭上相遇，她"伸出右手，紧紧握住千重子的手"，千重子也握住她的手；在北山杉村会面时遭遇阵雨来袭，"苗子从上方护住千重子，几乎把她整个人都搂在怀里"；苗子穿着千重子为她挑选的和服与腰带来家里拜访，二人同睡一个被窝，说了很多悄悄话，这样的过程，是美的。

《千只鹤》和当年原稿因故未完成的《波千鸟》一文中，在正面白釉处用黑釉描绘蕨菜嫩芽图案的黑色织部烧茶碗表现出"山村里的情趣"，是适合早春使用的好茶碗；靛蓝色的野生牵牛花插在"古色古香的、漆面红得发黑的葫芦壁瓶"里，绿叶和蓝花垂落下来，给人一种凉爽的感觉，这样的器物，是美的。

就是在毋宁说已不再重点描绘东方之美的、反而展现许多丑陋形态的《湖》中，"湖上雾气弥漫，岸边都结了冰。冰的前方被雾气笼罩，没有边界""乘坐出租车时，司机的世界是温暖的桃粉，乘客的世界是冰冷的青绿，透过玻璃的颜色看到的世界是澄澈的""蚊帐中的萤火虫全都飞起来，萤光点点"，这样的意象，也是美的。

日本的文人十分推崇白居易，但他们更喜欢称他的字，一提起汉诗，必言白乐天。香山居士写过这么两句，叫"琴诗酒伴皆抛我，雪月花时最忆君"。无独有偶，东瀛文人对雪月花三字也有爱。

雪の上に照れる月夜に梅の花折りて送らむはしき子もがも

明月照积雪，寒空静夜笼白梅，良辰惜美景，愿得佳人长相伴，折枝为赠花自开

——《万叶集》卷 18 第 4134 首

川端康成在《我在美丽的日本》一文中写，看见雪的美，看见月的美，看见花的美，这便是人对四季之美的感悟。诚如所言，感受着无处不在的美，译者亦不忍独占，愿化身为镜，天长日久，与诸君共同凝望漂浮在宇宙万物间的情感之美。

朱娅姣